LA CANTILÈNE

Brigitte Munier

LA CANTILÈNE

Roman

Bibliophane
DANIEL RADFORD

À Florian et Laureline

On eût autrefois longuement commenté ce drame. Mais tout va aujourd'hui si vite que beaucoup ne s'en souviennent déjà plus. La presse et les rumeurs lui avaient donné la fugitive incandescence que notre temps dévoue à tout événement, tragique ou brillant. Au demeurant, on ne sut que peu de choses.

J'avais oublié les faits, moi aussi, seul m'était resté leur écho, comme le motif d'une sonate dont on ne sait plus ni le nom de l'auteur, ni la musique qui l'enserre. Mais un jour, j'ai reçu quelques pages de la main de Tristan, donnons-lui ce nom qu'il a choisi. C'était un mythe qui me fit désirer mieux connaître, puis écrire cette histoire. J'avais songé à rédiger une chronique, confiant chaque épisode à la précision d'une date et citant les témoins. Mais les démesures de ce récit s'affadissaient alors en une terne compilation. Des souvenirs, je voulais retrouver la vigueur, les sons et les odeurs, rendre tout leur éclat aux vies grisées de mes personnages. Il me fallut bannir les mots plats, dociles informateurs, et réveiller les voltes de l'imaginaire, alors étaient rendues la grandeur et la folie, la démesure des acteurs de ce conte.

La Cantilène

Comme le mosaïste assemble des cubes de terre cuite afin que, surgie des formes et des couleurs, naisse l'image, j'ai composé ce roman. Une reproduction des *Ménines* de Vélasquez est restée sur ma table pendant que j'écrivais ; Tristan en conservait toujours une sur lui depuis sa visite au Prado. C'est dans les salles de ce musée que je mènerai d'abord mon lecteur s'il veut bien me suivre. Qu'il s'y attarde un peu, laissant doucement ses yeux apprivoiser les mots, et son rêve ébaucher les silhouettes.

… épouvanté de n'avoir pas connu
Que la mort triomphait dans cette voix étrange !

Mallarmé, « Le Tombeau d'Edgar Poe »

Si je me regardais il faudrait que j'en meure.

Apollinaire, *Alcools*, « La Loreley »

Chapitre 1

Au Prado, Tristan était assis devant les *Ménines*. La fatigue, la chaleur lui rendaient douce cette salle à la fraîcheur ombrée de sacristie. Il contemplait l'œuvre de Vélasquez, cette toile si précieuse que le musée la préserve de l'éclat du jour et des écarts de température.

Il était arrivé la veille à Madrid avec Éléonore. Des affiches couvraient les murs de la ville annonçant le récital de la jeune soprano accompagnée par son pianiste, Tristan Charlier. Le concert aurait lieu le lendemain ; Éléonore se reposait à l'hôtel. Tristan s'était rendu au musée par désœuvrement, par devoir, aussi, on ne vient pas à Madrid sans visiter le Prado. Il voulait voir les Goya et les Greco. Dès les premières salles, il s'était senti violenté par l'accumulation de tant de merveilles ; chacune exigeait une attention exclusive, une admiration sans partage.

Tristan oscillait entre les crucifixions, les nativités et les dépositions, les scènes mythologiques, historiques, bucoliques ou guerrières. N'osant s'en remettre à une œuvre unique, il vacillait de l'une à l'autre, développant cette ivresse éreintante du touriste cultivé.

Enfin il en eut assez, mais, voulant sortir, il s'égara dans les salles consacrées à Vélasquez et s'y reposa. Aux côtés des reines et des infants, Philippe IV représenté en pied, en buste, à cheval avec une stupéfiante constance offre à la postérité l'effigie de son obtusion toute royale. Tristan s'égaya d'abord devant cette multiplication d'images ignorantes des atteintes de l'âge, puis il connut un sentiment étrange. Par-delà les conventions de l'iconographie monarchique, l'intention du peintre lui devenait sensible ; il ressentait de manière presque palpable la rancœur, l'ambition, l'amertume, la tristesse aussi dont étaient nées ces représentations. Oublieux de sa lassitude, il interrogeait les tableaux comme autant de reflets brouillés de sa propre vie. Le musée ne suscitait plus en lui l'accablement d'un conservatoire de l'art, mais de la fascination pour un sens proche, disponible et caché. Pourtant, pianiste accompagnateur en tournée, qu'avait-il de commun avec la majesté de ce roi, pétrifié en une improbable jeunesse ? Pourquoi s'émouvoir de la mélancolie de l'infante Marguerite, bridée, déjà, par l'étiquette, les brocarts et les paniers qui l'atournent ? La laideur renfrognée de Marie-Thérèse méritait-elle ce coup au cœur, presque un élancement de souffrance ? Une heure auparavant, il ne connaissait même pas les noms de ces princes.

Il voulait comprendre, et scrutait les toiles. Ces portraits semblaient peints par une servilité jubilatoire comme si le peu d'attrait des modèles servait l'exécration de l'artiste. Vélasquez n'a pas même consenti à son roi l'empreinte des tourments du pouvoir ; pourtant, cette insistance à ignorer les rides et l'affaissement des chairs n'est point flagornerie, mais bien plutôt sarcasme ; c'est une fausse jeunesse, découragée et sans force pour vieillir. Le regard buté, le nez qu'offense l'atavique prognathie et la moustache blonde sont reproduits dans la famille royale en une infinie parodie. Sans l'exigence de ces princes épris de leur apparence, combien de *Borrachos*, sibylles, fables, dieux ou paysages Vélasquez eût-il réalisés ! On lui fit l'honneur d'être peintre de cour, lui volant ainsi les chefs-d'œuvre qu'il ne put réaliser. Le Prado exhibe sa vengeance.

Pourtant, la hargne de l'artiste épargne les enfants. Pour modeler le visage toujours grave des infants d'Espagne, le pinceau se fait tendre. La princesse Marguerite est belle, gracile et pâle comme l'ébauche d'une flore ou d'une nymphe à venir. De toile en toile, sans cesse plus blonde et neigeuse, elle sourit à l'adolescence qui s'approche comme à une promesse de bonheur.

Brusquement, Tristan comprit : la mémoire de ses propres tourments lui semblait habiter ces enfants ravissants que le peintre défigure dès que l'âge nubile les arrache à l'innocence. D'un seul coup l'adolescence dérobe les couleurs d'aurore, les courbes tendres, détruit la complétude indécise de l'enfance. De la mort de l'enfance, Tristan endura, lui aussi, le tragique et l'outrance.

Très jeune, il avait révélé tant de goût pour la musique et une voix si belle que sa mère l'avait confié à un professeur, Gina Moreno. Il avait connu ses notes avant ses lettres et bénéficié d'une scolarité adaptée à ses études et à ses prestations musicales. Face à ses dons de jeune prodige, tout avait cédé, les ambitions personnelles de sa mère, le rythme des cours de ses professeurs, tout pliait devant le talent et les exigences de l'enfant que passionnait la musique ; il avait renoncé sans y penser aux loisirs et travaux de son âge, pour accepter ce qui hâtait l'épanouissement de son art, l'écoute d'enregistrements, de concerts et la rencontre de personnalités musicales. Un précepteur vint lui donner des leçons pour contenter les exigences scolaires et, jusqu'à ses premiers gains de chanteur, sa mère, infirmière, multiplia gardes et emprunts, aidée par la libéralité de Gina Moreno.

Devenu soliste, il intéressa les plus grands noms. Ce fut une existence étrange, guidée par les adultes, rythmée par les répétitions et les concerts, obsédée par le chant. Quand les écoliers jouaient, Tristan travaillait, étudiait le solfège, le piano, affinait sa technique vocale ; mais il connaissait l'ivresse du succès et le bonheur de chanter quand sa voix s'élevait *a capella*, emplissant les salles et les voûtes. Isolé parmi ses adulateurs, tels les infants de Vélasquez, cette solitude lui était, comme à eux, naturelle : ils avaient été princes, il était la musique, le chant.

La spiritualité des rituels anglicans s'émut de la pureté de son timbre. En Allemagne, en Autriche, en Italie, il se produisit au sein des meilleures manécanteries et maîtrises ; à Barcelone, il mêla la sève de sa voix à la flamboyance vocale des *escuolans*. L'extase l'emportait quand la fine nervure de son chant se mêlait à la polyphonie d'une cantate.

Des pochettes de disques, des couvertures de programmes montrent toujours, sur fond de chœurs d'enfants, le visage du jeune soprano : cerné de boucles, le regard levé, la bouche entrouverte, il est si charmant qu'on le dirait œuvre d'un peintre nazaréen.

Les chefs d'orchestre s'étaient disputés ce chanteur capable de soutenir des partitions écrites pour des voix enfantines mais que remplace si souvent une soprano, faute d'une voix d'enfant suffisante. Le cristal de son timbre avait servi la musique sacrée et profane, mais il rêvait d'opéra. Les rôles que lui donnaient Purcell, Mozart, Britten ou Falla développaient sa convoitise pour le répertoire. Il imaginait son timbre futur comme une jeune fille ou un adolescent cherchent devant le miroir leur visage d'adulte. Ténor, mieux que basse ou baryton, il songeait à sa tessiture à venir, fasciné par l'alchimie qui abaisserait le registre de sa voix la menant à tenir la ligne.

Comme les infants d'Espagne, Tristan voulait quitter l'enfance, goûter le trouble, risquer, tenter. Il ne serait plus Miles ou Hyacinthe, mais Ottavio, Alvaro, Riccardo, Edgardo, Don José, le comte Almaviva du *Barbier de Séville*, puis, plus tard, Othello et Siegmund. À la transparence irréelle de son timbre succéderait le métal chaud, cuivré, sensuel de la voix de ténor. Devenu homme, il marierait son chant à celui des cantatrices veloutées par la scène, ces divas dont les câlineries l'humilièrent quand il atteignit sa treizième année.

La puberté lui fut plus cruelle encore que le pinceau du peintre aux princes espagnols. En s'abaissant, la voix de Tristan perdit ampleur et beauté. La douceur de la langue française parle de mue pour la transformation vocale ; c'est un mot soyeux servant aussi à désigner le renouveau du pelage ou de la peau d'un animal, et la mue donne au serpent des écailles neuves et brillantes comme une aria. L'anglais, incisif, nomme *break*, fracture, la perte du timbre enfantin. L'adolescence infligea bien une cassure à l'organe de Tristan, la rupture d'une promesse, l'expulsion d'un paradis dont il n'avait pas démérité.

Les jeunes chanteurs muent tard ; à quinze ans, riche d'une technique vocale inutile, lourd d'un passé trop radieux, Tristan ne pouvait plus chanter.

Beaucoup d'enfants prodiges affrontent en grandissant la brutalité de la désaffection du public. La maturité, la perte des rondeurs enfantines, un corps anguleux désarment l'attendrissement. Mais aux jeunes violonistes, pianistes, ou compositeurs, il reste l'instrument, le travail et l'espoir. La gorge de Tristan était sèche, rauque, et sa chute d'autant plus amère qu'elle le privait d'un bonheur qu'il avait travaillé à conserver, non à conquérir. Il se sentit comparable à un instrument dont on ne pouvait plus jouer, un piano rouillé, un violon sans corde.

En des temps mozartiens, songeait-il, peut-être l'eût-on rendu castrat, achetant une voix d'ange au prix de sa virilité perdue. Il rêvait parfois à ces eunuques magnifiques et encensés, méprisés, aussi, malheureux, mais qui, au moins, chantaient ; sur scène, ils avaient la bouche et la cou vibrant de ces notes qui l'étouffaient, désormais, lui brûlant vainement la poitrine, lui ravageant le cœur et l'âme, malades de sa stérilité vocale.

Il avait commencé le piano à l'âge de quatre ans ; de bonnes mains, une formation et un sens musical excellents autorisaient une seconde carrière, celle de pianiste soliste ; il préféra les seconds rôles et l'effacement qui confirmaient sa malchance. Voulant donner à sa détresse la détermination d'un destin, son avenir se perdit dans l'accompagnement de chanteuses, dans l'ombre de la voix des sirènes ; jouer pour un homme lui eût été trop dur. Il vécut l'enlaidissement conjoint de son timbre et de son corps comme une double injustice, une damnation aussi arbitraire que la grâce reçue jadis.

Nul ne reconnut en lui le soprano si cher aux amoureux des maîtrises. Son visage ingrat n'avait rien de commun avec ses traits enfantins. En outre il avait ajouté au nom de sa mère ce prénom médiéval, Tristan ; il eut toujours ce goût de la dérision, gausserie plutôt que politesse du désespoir. Éléonore, ellemême, n'eut jamais claire connaissance du passé de son pianiste, ou bien après le drame, peut-être.

Tristan avait fui le rappel de son passé comme on repousse l'intolérable, en une obsession désavouée sans cesse ; au Prado, cependant, la rencontre avec les toiles du grand maître l'exposa à l'âpreté nue de ses souvenirs. Il avait alors trente-six ans. Sans le blesser, ni contraindre sa mémoire, son histoire prenait la couleur des toiles accrochées le long de la galerie, demiteintes et clairs-obscurs avec de brusques fulgurances donnant forme aux scènes vécues naguère.

Il était seul dans les salles. Un gardien somnolait sur une chaise, trop paresseux pour dégager sa tête d'un cône de soleil miroitant de poussière blonde. On percevait ce bourdonnement qu'en ville on nomme silence. Tristan entra dans la chambre consacrée aux *Ménines*. Il y régnait un calme de chapelle. Le tableau immense se reflète dans un miroir qui en duplique l'effet, ainsi le spectateur, arraché à son siècle, est-il inclus dans l'atelier du peintre. Vélasquez s'est représenté palette et pinceaux à la main devant une toile dont l'envers seul est visible. Il regarde son modèle situé hors de l'œuvre, mais dont on perçoit l'image dans une glace accrochée au fond de la pièce : c'est le couple royal, mais ce peut être aussi le visiteur. Tristan avait vu maintes reproductions de l'œuvre célèbre, mais il la contemplait pour la première fois.

Au centre de la toile, l'infante Marguerite, encensée par ses suivantes, a la grâce flexible d'une jonquille, la poésie d'un vers de Lucrèce. À côté, son envers grotesque, la naine, vêtue de brocart, lui oppose son regard adulte ; la vêture d'apparat empâte et insulte sa difformité, parodie d'enfant, contrefaçon de femme.

La disgrâce du bouffon semblait à Tristan l'image sarcastique de ce que fut son avenir. La princesse règne sur un microcosme de figurants, dames d'honneur, enfants charmants, prince, religieuse. Les dorures de la palette du peintre la sertissent. Le rouge blesse parfois la luminosité de l'œuvre, le bleu gèle les velours, mais tout le prisme s'épanche sur le visage de l'infante comme, autrefois, le feu des projecteurs isolait le jeune chanteur. La fillette rayonne, menacée, pourtant, par la violence, le saccage de l'adolescence, l'oubli des courtisans.

Les critiques parlaient jadis de miracle vocal, d'ange musicien... Insensible à la métaphore, Tristan assumait la lettre de la louange ; son talent, ses dons, l'énorme quantité de travail exigée et son allégresse à chanter avaient fait de lui un être aussi différent qu'un infant d'Espagne. Ni vaniteux, ni cabotin, il s'était senti élu avec la clarté de l'évidence ou le mystère de la grâce. Ainsi, adonné à la musique et assuré d'y exceller toujours, l'avait-il servie sans penser que sa voix pourrait un jour l'abandonner. Seul, trop absorbé et courtisé pour avoir des amis, il avait mené, jusqu'à la chute, sa vie de vedette avec la gravité confiante que recueille parfois l'enfance.

Au Prado, il vit tant de foi dans les yeux de l'infante, et tant de souffrance dans ceux de la naine, qu'il en fut déchiré. Vélasquez demeure en retrait, mais sa présence a l'intensité de celle d'un démiurge. Il est beau, ses traits sont nobles, mais quel étrange regard : il dit fierté mais soumission, puissance et génie. La croix rouge de saint Jacques paraît saigner sur sa poitrine ; c'est là dignité que ne méritait pas sa semi-roture, mais consentie par la faveur royale, marque glorieuse du collier. Le pinceau levé au-dessus d'une palette terreuse où rutile aussi le carmin, Vélasquez peint à jamais ses maîtres, leurs tares et leurs faiblesses.

Les *Ménines* retinrent longtemps Tristan, le menant d'un âge de son histoire à un autre. Il fallut la venue de visiteurs pour l'arracher à sa torpeur fascinée.

En sortant du Prado, il marcha longtemps dans les rues de ce quartier de Madrid. Il en aimait les larges boulevards qui diluent les passants dans la foule.

Il aurait dû se hâter vers le théâtre, mais n'y songeait plus, flottant dans la clepsydre de sa vie sans savoir à quel point il était déjà vieux ou redevenu jeune. Sans y penser, il suivait le bon chemin, empruntant des voies parallèles au boulevard quand les heurts des promeneurs l'y incitaient. Au bout d'une rue, un mur dépassait, formant un angle droit avec une boutique de confection ; le commerçant avait dressé un grand miroir le long de cette façade tronquée qui s'avançait sur le trottoir, contraignant les flâneurs à un léger détour. Tristan vint à la rencontre de son reflet comme il était allé vers le chef-d'œuvre de Vélasquez, oubliant sa fuite ordinaire devant les glaces qui renouvelaient la brûlure d'une image inacceptable. Sauf le lac vert foncé de ses yeux, il vit un homme assez laid et s'arrêta pour se regarder comme il avait contemplé les toiles du musée. Toujours perdu dans ce rêve éveillé par la peinture, un peu hagard, il imagina être un de ces princes dont le maître a violenté les traits enfantins ; captivé par son portrait, possédé par le sortilège des *Ménines*, Tristan ébaucha un geste de peintre, le pinceau levé en une promesse muette, comme pour ressusciter d'un trait de couleur son visage d'enfant et les cantilènes perdues…

Son bras retomba sans qu'il puisse s'arracher à sa chimère, englué en une torpeur mêlant les pensées et les souvenirs. Il restait là, immobile, insensible aux silhouettes qui l'épiaient depuis la boutique. Lentement, le miroir ranima une scène ancienne, vécue lors d'une fin d'après-midi de juin à Paris, chez sa mère ; l'air était pareillement tiède, et les deux images s'échangèrent. Il avait quinze ans et commençait à éviter les glaces, rappels de l'altération parallèle du visage et de la voix. Ce jour-là, pourtant, debout devant le trumeau, face à la cheminée, tenant à la main la résiliation de son dernier contrat, il s'était regardé longuement, comme aujourd'hui. Le soleil de juin délayait les couleurs du tapis et donnait à la luisance du piano une impression d'attente ; la gaieté de la lumière insultait son angoisse. Sur les murs, encadrés ou collés, les programmes, les affiches et les photos de sa carrière martelaient le rappel de son impuissance nouvelle. Follement, absurdement, il avait espéré que sa voix abîmée retrouverait sa beauté, renaîtrait tel un oiseau s'envolant de la rocaille. Mais cet après-midi, s'était épanouie cette fleur noire, la certitude de ne plus jamais chanter. Il se souvenait de s'être retourné pour s'observer dans l'autre glace, coupée en pied, instrument de son travail de chanteur dont l'engagement annulé consacrait la fin : tout son corps l'avait trahi, ricanante gausserie de l'ange musicien. Une sensation d'oppression lui avait serré la gorge, durci le dos, endolori tous les muscles, comme s'il devait éprouver dans sa chair le saccage de sa voix. Impuissants à sourdre, à fondre, les larmes et les sanglots le suffoquaient.

Ce souvenir s'éveillait pour la première fois, tremblant de vie, intact de souffrance, bouleversant Tristan qui fut pourtant soulagé d'en soutenir le rappel. Il fixait toujours le miroir comme il avait scruté les *Ménines*. Peut-être sa mémoire, comme le génie du peintre, recomposait-elle la scène, associant plusieurs esquisses en un seul portrait. Peu lui importait ! Les grandes douleurs ou les joies intenses exigent la consécration d'une image fixée dans le temps et l'espace… Seule comptait cette soudaine disponibilité du passé. Corinne, sa mère, était entrée brusquement dans la pièce, sans frapper, selon son habitude. S'en était-il jamais plaint ? Il y avait tant de choses qu'il n'avait osé dire, enfant excentré dans un monde d'adultes. Il gagnait pourtant sa vie, et même celle de sa mère, mais elle décidait de tout, sans le consulter, c'était son fils !

Excédé comme autrefois, il se remit en route, regrettant, une fois encore, son adoration enfantine pour sa mère : il la croyait alors infaillible et leur amour clos comme une sphère, sans nul besoin des autres. Elle l'avait élevé à part, s'était vouée à lui, mais, confiante en une omniscience maternelle, ordonnait tout, même le gâchis de ses sentiments pour elle, pensait-il, amer. La faille vocale de Tristan lui fut une offense dont elle parlait sans cesse, tourmentant une plaie qu'elle réputait sienne, volant ainsi son fils, sans le consoler. Elle avait, ce jour-là, pénétré dans sa chambre, violé son angoisse, sûre d'elle et de lui, sans comprendre qu'il avait grandi, lourd de hontes et de secrets qui ne la regardaient pas. Dans cette rue d'Espagne, si lointaine du quartier paisible qu'ils habitaient alors à Paris, près de Sainte-Clothilde, toute sa tendresse hargneuse reflua.

Angoissé, Tristan s'assit sur un banc ; il eût maintenant aimé quitter cette réminiscence insistante, ne comprenant plus pourquoi il l'avait accueillie. Mais Corinne résistait, butée, calée dans sa mémoire avec l'entêtement qu'elle prodiguait en toute chose.

L'image de la chambre revenait, avec sa mère avançant vers lui à grands pas raides, le regard assuré :

« Je te dis ce que je pense, avait-elle déclaré, réagis, ne te laisse pas aller. Fais une croix sur le chant, tu n'as que quinze ans et tout l'avenir devant toi. Tu peux réussir. Et si tu ne le fais pas pour toi, fais-le pour moi, pense à tous mes sacrifices. »

Était-ce bien ses paroles ? Quelle importance... Jamais ils n'en reparleraient. Jamais elle ne lui redonnerait la douceur de l'aimer comme il l'avait chérie tout enfant. Jamais elle n'avait admis pouvoir se tromper, ni n'avait su consentir à l'affaiblissement de son autorité, quitte à perdre la confiance de son fils. Il lui restait un sentiment déshonorant, fait de rancœurs, de nostalgie et d'amour blessé.

Ses sacrifices... C'était bien cela ! Corinne prétendait porter la peine des autres mais ne parlait que de la sienne. Elle récusait la fin d'une aventure qui la privait de son rôle. Veuve, elle avait organisé leur vie pour lui permettre de suivre formation et carrière. La célébrité venue, elle l'accompagna partout et vécut par procuration, mais non sans exigence, revendiquant ce dévouement égocentrique, sa raison d'être. À quinze ans, sans oser le lui avouer, il n'en voulait plus depuis longtemps.

Si loin de sa mère, l'exaspération le raidissait encore, attisée par sa manie d'empenner ses phrases de son fameux « je dis ce que je pense ». Cette formule était une sorte d'introduction sociale, d'effraction indiscrète dont elle abusait avec son fils, les directeurs de théâtre, les musiciens. Il l'avait toujours vue marcher rapidement vers quelqu'un, puis, à quelques mètres, lancer son provoquant « je vous dis ce que je pense ». On hésite à débouter qui vous dénude ainsi son cœur ; l'argument de la sincérité désarme la controverse ; le despotisme du sentiment noie tout dans son sirop. Corinne pratiquait un nudisme intellectuel aussi exigeant que celui des naturistes sur les plages. Elle se flattait de ne rien cacher, le croyait, peut-être, et requérait des autres un semblable effeuillage.

Tristan étouffait ; il enleva sa veste comme s'il avait pu se défaire du souvenir de sa mère et de son maintien gourmé. Corinne eût aimé que Tristan devînt pianiste soliste, les disques, les interviews, les affiches, la célébrité seraient alors revenus, antidotes au saccage vocal. Elle aurait voulu rendre à son fils la gloire sans concevoir qu'elle lui avait été aussi naturelle que la retombée d'étincelles dans un feu d'artifice : rien ne restaurerait son timbre, et il refusait toute infidélité au chant qui l'avait rendu heureux. Elle ne sut pas le détourner de cette complaisance à la douleur entretenue avec l'acharnement de Vélasquez à révéler la déformation de ses modèles. Tristan refusait d'être victime d'un phénomène prévisible, aussi contourner la malchance, selon l'exhortation de sa mère, l'eût-il privé de toute grandeur tragique. Pour supporter la mutilation vocale, il l'interpréta non tel un accident banal, mais comme une déchéance à la mesure du don initial.

Sans qu'il ait la force de le chasser, un dernier souvenir s'accrocha, douloureux, ultime tribut du passé, celui de mots arrachés à sa timidité, de paroles pénibles dont il n'avait su meuler l'âpreté. Ce même jour, Corinne avait encore insisté...

« Tu veux que je sois rentable ? avait crié Tristan,

je suis un fruit sec, c'est le risque que tu courais. L'ange musicien, c'est fini, maman, il a une voix qui grince, l'ange, et une sale gueule. Qui fait l'ange fait la bête, il fallait le prévoir avant de te sacrifier.

– Ne sois pas amer, Tristan ; je veux t'aider, je suis ta mère, ton coach comme tu disais étant petit. Je n'ai vécu que pour toi.

– Tu y as trouvé ton compte. »

Pour la première fois, il avait repoussé sa mère ; depuis, tous deux avaient vécu obsédés par la blessure, incapables de la panser... Il resta encore trois ans avec elle, jusqu'à sa majorité, puis s'installa chez lui.

On parle des mères et des fils incapables de rompre le cordon ombilical qui les a soudés ; Corinne et Tristan tiraient chacun de leur côté, elle pour rattraper son fils, lui, pour lui échapper. Elle reprit son ancien travail d'infirmière. Elle était terne comme si, en la quittant, son fils l'avait éteinte.

Le vacarme des klaxons, des voitures et des discours des passants, s'interpellant à Madrid plus fort qu'ailleurs, l'urgence de la répétition, détachèrent enfin Tristan de sa longue anamnèse. Las de tant de souvenirs, il fit effort pour remonter à la surface du présent, comme un plongeur étourdi par l'apnée. Le théâtre était tout proche, le rappelant à la fièvre du concert à donner le lendemain. Fuyant l'obsession des œuvres qui lui avaient rendu les éclats de sa propre mémoire, il se mit à marcher plus vite, surpris d'avoir ainsi pu oublier le récital. Il allait rejoindre Éléonore, cette soprano qu'il avait découverte et formée depuis sept ans. Ce n'était pas une élève ni une chanteuse ordinaire : quand Tristan l'avait entendue pour la première fois, il lui avait semblé que son propre timbre d'enfant, mûri par un organe adulte, renaissait dans la gorge de la jeune fille ; il s'était alors consacré au développement de cette voix jumelle, semblable à la sienne et pourtant autre, féminine et sensuelle. Durant les années d'apprentissage, il avait travaillé cette voix comme un démiurge informe la glaise, la modèle et lui insuffle son âme. Pendant cinq ans il avait déployé un dévouement illimité et d'exceptionnels dons pédagogiques, mais sans révéler l'effusion amoureuse que faisait naître en lui l'écoute de la voix bessonne.

Mais déjà la cantatrice réclamait l'opéra... L'orchestre et les chanteurs arracheraient le timbre à son pianiste, à ses mains qui, le retenant au clavier, en guidaient la soie, en massaient la pâte. En Espagne, Tristan s'était juré de n'y pas songer, ni ce jour, ni le lendemain : lors de la répétition et du concert, il allait encore accompagner la soprano, faisant de l'alliance du piano et du chant un huis clos féerique. La pensée de cette voix dont la beauté avait bouleversé sa vie dissipa les images du Prado, celles de ses naines, de ses infants et de ses souverains trahis par leur peintre.

Tristan ne voulut plus songer qu'au bonheur fragile des heures à venir. Le récital madrilène serait décisif pour son avenir personnel et la carrière de la chanteuse lyrique.

Tu es la ressemblance.

Éluard, « Les Yeux fertiles »

Chapitre 2

« Quand sa mère m'a amené pour la première fois cet enfant et que je l'ai entendu, j'ai pleuré... Oui, j'ai pleuré devant lui sans honte. Des dizaines d'enfants se sont succédé devant mon piano, certains sont devenus des virtuoses. Mais aucun, entendez-vous, aucun n'a jamais valu Tristan. À cinq ans, ce petit bonhomme avait un sens musical inné et une voix de miel et de lait... Une merveille ! »

En vieillissant, Mme Moréno exagérait un peu. En dépit d'un tempérament passionné, ce professeur remarquable ne se serait pas laissé aller jadis à de tels épanchements. Sans doute forçait-elle le trait pour compenser la peine causée par la ruine vocale de son élève préféré. Retraitée à Nice, elle aimait évoquer ainsi le talent de Tristan sans jamais faillir à la promesse de cacher son identité d'adulte. Elle avait été son premier pédagogue, son maître, disait Tristan, en hommage à son enseignement, mais aussi à la femme qu'il avait toujours tant aimée.

Mme Moréno avait été un professeur assez réputé à Paris. Dans une maison particulière de la

Butte-aux-Cailles, elle avait fondé une école de piano et de chant. Les conditions de travail étaient originales, mais l'attachement des élèves et leur enthousiasme musical témoignaient de leur fécondité. Gina donnait chaque année des auditions qui lui valurent réputation et célébrité. On se disputait l'honneur de lui confier des élèves, faveur assez rare, car elle enseignait seule. Son école devint rivale des conservatoires des arrondissements voisins, et leurs enseignants demeuraient perplexes devant le succès d'une pédagogie aussi bizarrement dispensée. Le Conservatoire de Paris reconnaissait la griffe Moréno sur les candidats les plus doués venus se présenter aux concours.

La maison de Gina avait deux étages et un grenier. Elle officiait au rez-de-chaussée dans une vaste pièce donnant sur un de ces jardinets parisiens miraculeux et étiques. Dans cette salle, elle avait installé un piano, une bibliothèque et un miroir pour les chanteurs ; une longue table de ferme, fort belle, réunissait les écoliers pour les cours de solfège. Durant les leçons, d'autres élèves travaillaient dans les pièces voisines : Gina tenait à surveiller le travail elle-même. Une porte à double battant percée de deux vitraux 1900 séparait le « bureau » des salles d'étude. La première était équipée d'un piano, la seconde en possédait deux. À l'étage se trouvaient les appartements privés et un petit salon muni d'un piano à queue ; on l'appelait le prytanée, c'était là qu'étaient jouées les œuvres enfin sues et prêtes à être exécutées en public.

La maison ne disposait d'aucune insonorisation intérieure et tous les enfants travaillaient en même temps. L'épouvantable cacophonie ne gênait personne. Aucune faute de tempo ou de mesure n'échappait au professeur, et sa longue règle de bois foncé quittait alors la partition pour taper à grands coups sur le vitrail :

« *Fa* dièse », ou « Tu te décides à compter ? » ou encore « C'est un triolet, ça ? »

Le vitrail résistait, les élèves progressaient ; cet enseignement bigarré était étonnamment efficace. Gina, exempte des contraintes de programme propres aux conservatoires, adaptait sa formation à chaque élève. Elle aimait les enfants et se penchait sur chacun d'eux avec l'attention qu'elle eût dédiée à un petit Mozart. Quand Tristan lui fut confié, elle avait près de cinquante ans et la maîtrise d'une méthode éprouvée. Elle n'avait jamais été avare de son temps, pour lui, elle en fut prodigue. Corinne, qui jalousa plus tard la complicité entre le professeur et l'enfant, abusait alors de sa générosité, lui laissant parfois son fils des journées entières. Gina le faisait travailler selon son rythme, attentive à lui éviter l'ennui, la fatigue, ou même la lassitude, et ne réclamait pas d'émoluments pour sa formation.

À la Butte-aux-Cailles, Tristan fournissait sans le savoir un labeur énorme pour son âge. Il s'y sentait plus libre et heureux que chez lui. De milieu modeste, Corinne aspirait à une distinction compassée et l'éducation se réduisait pour elle à une sorte de vision ascensionnelle : il fallait que son fils s'élevât plus haut qu'elle afin de la hisser ensuite jusqu'à lui. Les dons de Tristan l'effaraient et lui paraissaient mériter un sérieux redoublé. Elle contrôlait ses jeux puis ses lectures, son langage et sa tenue. Son corps faisait l'objet d'autant de sollicitude. Il était soigné comme une plante de serre, couvert de lainages inutiles, perpétuellement endimanché et affublé d'une casquette à soulever au hasard des rencontres.

Mme Moréno, rétive à ces scrupules de bienséance, flattait chez Tristan toute effusion d'enfance apte à le distraire de sa condition de jeune prodige. Elle l'encourageait à chahuter avec les autres et pardonnait ses frasques trop rares. Il était devenu plus qu'un élève privilégié, un enfant très cher, reçu même le dimanche, si la préparation des auditions l'exigeait.

Auprès de Gina, Tristan trouva un foyer chaleureux à l'image de sa maison, refuge parisien d'allure provinciale. Des îlots de maisonnettes constituent la seule originalité de ce quartier du XIIIe arrondissement, industrieux et sans caractère ; du haut des immeubles, on aperçoit les deux rangs de ces demeures miniatures rangées soigneusement côte à côte, comme les pièces d'un jeu d'enfant ; disposées de part et d'autre d'une ruelle, elles sont toutes différentes, mais chacune dispose d'un jardinet sur l'arrière et d'un joli portail à l'avant. De larges portes cochères défendent ce domaine si retiré, que même les promeneurs avertis n'osent y pénétrer, comme s'il s'agissait d'un musée ouvrant sur rendez-vous.

C'était le paradis de Tristan. Dès qu'il fut assez grand, sa mère le déposait derrière le porche, vérifiait sa tenue et l'embrassait avec les recommandations d'usage ; il courait alors, s'ébouriffant les cheveux pour ne pas être traité d'enfant modèle et, s'il devait rester toute la journée, grimpait directement à l'étage espérant trouver Marie, la nièce de Gina. La petite avait fait une grotte dans la cave et ils jouaient à l'explorateur polaire ; Tristan, plus âgé, était censé surveiller cette jeune sœur adoptive. Un dimanche, après une répétition difficile, Gina avait laissé les enfants s'amuser tandis qu'elle écoutait un récital à la radio. Tristan avait sept ans et Marie quatre. Envoûtés par le jeu, les explorateurs, convaincus d'être pris dans les glaces, durent leur salut à l'alcool : pour lutter contre le froid, ils avaient mangé une boîte entière de ces chocolats à la liqueur en forme de minuscules bouteilles aux emballages chatoyants. Le concert achevé, Gina les retrouva gris et nauséeux : ce n'avait pas été de la gourmandise, se défendirent-ils, mais une question de survie puisque l'alcool leur avait évité la mort dans le blizzard ! Ils étaient sincères, leur application à terminer la confiserie qui les avait rendus malades en faisait foi. Fâchée, d'abord, Gina éclata de rire et téléphona à un ami médecin pour s'informer des soins à leur prodiguer ; tout désordre était effacé au retour de Corinne qui ignora toujours cet épisode scandaleux. Plus tard, Tristan ne manqua jamais d'offrir à Gina ces chocolats d'explorateurs, selon le nom qu'ils leur donnèrent.

Hélas, Marie était rarement là, et Tristan se consolait avec les goûters que lui préparait Gina entre deux séances de travail. Mais il y avait surtout le bonheur de chanter, d'apprendre à étendre et moduler les sons qui le transformaient, selon ses mots enfantins, en « pochette-surprise à musique ». Il avait souvent convoité les pochettes-surprise vendues en boulangerie, mais sa mère préférait à l'achat de ces attrape-nigauds, disait-elle, des gâteaux plus substantiels. Ce désir était demeuré inassouvi jusqu'à ce que Gina le satisfasse par hasard, offrant cette gâterie un dimanche aux deux enfants ; devant leur joie elle récidiva, tout au plaisir de les voir fouiller le cornet à la recherche de bonbons et de petits jouets sans autre prix que leur mystère. Marie se jetait dans les bras de sa tante pour la remercier, et Tristan les regardait avec de grands yeux éblouis. Gina embrassait tendrement le petit bonhomme qui serrait contre lui son cadeau devenu le symbole de toutes les merveilles.

Les apparitions du jeune chanteur lors des auditions, et sa participation croissante aux chorales l'avaient fait remarquer de professeurs réputés qui sollicitèrent sa mère. Flattée, Corinne n'osait pas retirer son fils à Gina dont la libéralité lui en imposait autant que la valeur, pressentie plus que conçue. Un jour, pourtant, elle se décida ; venue chercher Tristan plus tôt que d'habitude, elle l'avait trouvé chantant à tue-tête *Funiculi-Funicula* accompagné au piano par Mme Moréno déchaînée. Corinne ne comprit pas que la gaieté d'une rengaine napolitaine pouvait déguiser l'aridité du travail vocal. Tristan affinait sa voix et contrôlait sa respiration aussi bien avec des chansons populaires qu'en servant Pergolèse. Chez cet enfant impressionnant par son aplomb et son professionnalisme, Gina voulait préserver un mélange de candeur et d'intelligence musicale, de rigueur et d'euphorie du chant. Elle lui enseignait sans peine la lecture à vue, développait son oreille absolue, mais voulait lui épargner toute pression capable d'étouffer son jeune talent. Mme Moréno n'aimait rien tant que la gaieté du petit soliste quand il avait réussi un trille ou enchaîné roulades et tenues avec une aisance nouvelle. Mais pour Corinne l'austérité était indissociable de l'enseignement, aussi, outrée, reprit-elle son fils. Gina ne le lui pardonna jamais.

Enfant docile, Tristan en souffrit d'autant plus qu'il ne se rebella pas : contester les décisions de sa mère eût été insulter le sacrifice qu'elle lui avait fait de toute vie personnelle ; elle ne l'aurait ni toléré, ni supporté ; aussi se soumit-il, étouffant sa révolte et son chagrin sous l'immense culpabilité de lui garder rancune. Il eut de fréquentes crises de larmes, et les plus légères réprimandes maternelles généraient des spasmes de sanglots suivis de longs mutismes. Sans rendre son fils à Mme Moréno, Corinne dut pourtant céder à son besoin ardent de la revoir. L'enfant lui rendit alors visite quand l'école était vide et retrouvait parfois Marie ; ainsi Gina continua-t-elle à faire travailler son enfant prodige jusqu'au désastre de la mue. Elle eut toujours l'intelligence de consulter ses nouveaux maîtres afin de ne pas troubler le jeune artiste par l'emploi de méthodes différentes. Il adorait ces séances de répétitions clandestines qu'écoutait souvent la petite fille lovée au creux d'un fauteuil. Gina se tenait au piano, et Tristan, déchaussé, la peau toute frissonnante de plaisir, se préparait campé devant le miroir : il concentrait son souffle au centre du corps, puis, une fois prêt, jetait un coup d'œil à sa pianiste, et chantait, ivre de joie.

Ses disques se vendent encore ; la voix d'enfant est si fraîche que la ruine en semble impossible : d'autres chanteurs, ténors, barytons ou basses, n'ont-ils pas conservé, adultes, la beauté de leur chant, abandonnant seulement le timbre cristallin, asexué de l'enfance ? Certains parviennent à prolonger la puérilité de leur timbre par le registre de sopraniste ou de contre-ténor. Il n'y eut pas de transition possible pour Tristan, aucune alternative, mais la mort de tout ce qu'il avait été et de ce qu'il souhaitait devenir. Une déréliction sans rémission. Sans le chant, il n'était ni ne se voulait plus rien.

Quand il perdit sa voix, c'est vers Mme Moréno qu'il vint chercher du secours ou, plutôt, la douceur d'une véritable compassion. Comme Corinne, Gina et Marie gardèrent l'identité de Tristan secrète. Jean Roger, son ancien imprésario se tut, lui aussi, et resta son agent quand il choisit d'accompagner des chanteuses. Il avait changé de prénom et de nom puis quitté le Conservatoire pour l'École normale de musique afin d'achever ses études de piano sans être reconnu. Depuis, ne concevant pas d'existence hors du chant, il vivait solitaire et travaillait sans joie. Taciturne, il ignorait le plaisir de la conversation sauf avec Marie, mais avec une brusquerie de sauvage, disait-elle, dépensant les seuls mots nécessaires. Il la surprenait chez elle après de longues absences, renouait leur amitié, puis disparaissait parfois plusieurs mois.

Marie logeait à Gentilly dans un petit deux-pièces ensoleillé et tapissé de livres. Devenue professeur de philosophie, elle avait choisi cette banlieue peu attrayante en raison des facilités de communication vers Paris et les divers lycées auxquels on l'affectait. Son domicile n'était, disait-elle, qu'une extension de la gare toute proche, un perchoir au plus près de la Sorbonne. Petite et brune, les yeux gris foncé, très mince, elle ressemblait, raillait Tristan, à une souris dans un trou à livres. Des volumes de toute taille recouvraient, en effet, les murs de sa chambre au point que Marie devait dormir au sommet d'une mezzanine repoussée au milieu de la pièce par l'invasion bibliothécaire. Elle avait peint et gravé elle-même ce lit gullivérien en une imitation des greniers à riz des Célèbes dont la beauté l'avait touchée en Indonésie ; ses mains portaient encore la trace de ce travail de force. Son bureau trouvait place sous cette construction dont le charme enchantait Tristan. Marie, qui gagnait mal sa vie, se montrait plus exigeante en beauté qu'en confort. Avant la mode des voyages vers l'Asie du Sud-Est, elle avait visité Bali en routarde mâtinée d'anthropologue ; de là provenaient les deux minuscules canapés, les meubles, les étoffes, et le théâtre de marionnettes qui décoraient l'autre pièce. Cet appartement original allait si bien à la jeune fille qu'elle y recevait peu de monde, hésitant à introduire des étrangers dans l'intimité de son cocon. Sa famille était d'ailleurs réduite, Gina et un demi-frère, Julien, en formaient l'essentiel. Ses parents, séparés presque à sa naissance, s'étaient si longtemps disputé sa garde qu'ils avaient fini par l'oublier, absorbés par l'ardeur de leurs conflits. Retranchée dans son logis, nacelle arrimée au monde, elle y protégeait une vulnérabilité que sa profession lui avait appris à dissimuler. Depuis le départ de Gina pour Nice, Tristan venait voir Marie plus souvent, heureux de communier dans une semblable tendresse pour la vieille dame, leur seconde mère.

Il ne la prévenait jamais de sa visite, comme ce jour où il parla plus que de coutume, stimulé par le texte qu'elle écrivait. Surprise durant son travail, elle lui avait demandé quelques instants pour achever une page. Marie travaillait à une thèse sur Pascal et peinait sur la phrase fameuse, « le nez de Cléopâtre s'il eût été plus court, toute la face du monde en eût été changée ». Les voluptés politiques et sensuelles de César, l'amour d'Antoine, suspendus à un appendice nasal. Combien de millimètres de plus ou de moins la passion aurait-elle pu tolérer à l'orifice royal ? Tristan, courbé sous le grenier à riz, lisait au fil de sa plume ; gentiment, il éclata de rire :

« Suppose que Cléopâtre ait pu voir s'allonger son nez, combien de temps se serait-elle reconnue, serait-elle demeurée la même ? Un contre-*ut* dans un gosier ou un nez charmant, voilà tout ce qui fait l'âme. Tu écris, ici, que Pascal dévoue à l'amour la recherche vaine de la personne, désespéré que l'on ne s'éprenne jamais que de qualités empruntées, physiques ou morales. Il voudrait toucher à l'âme, c'est ça ? Mais regarde-moi ! Toi, tu te reconnais dans une glace et tu penses être restée la même, changeant lentement depuis l'enfance… Tu as grandi comme tu vieillis, sans heurts. Moi, j'ai changé presque d'un seul coup… Tu crois me connaître, mais je ne sais même pas qui je suis. Ni les miroirs, ni les photos, ni les enregistrements ne me restituent ma personne, ce que je croyais être. J'étais beau, je suis laid, je chantais et je suis sans voix. Vedette, hier, l'ombre seule me tente aujourd'hui. Je ne suis rien de ce que je fus. Mon âme n'est qu'un regret, autant dire rien. »

Puis Tristan demanda :

« Veux-tu l'entendre, mon âme ? »

Et il chanta ces quelques mots de *Tosca* :

« *Vissi d'arte, vissi d'amore*. J'ai vécu d'art, j'ai vécu d'amour. »

Sa voix était pénible, mais bien moins, pourtant, que la fausse gaieté achevant le chant. Marie ne sut que répondre ; il n'attendait rien, seulement son affection dont il se nourrissait en affamé avant de retourner à son métier de pianiste, accompagnant la voix des autres pour mieux pleurer son timbre disparu.

Quand Mme Moréno prit sa retraite et s'installa à Nice, Tristan et Marie aimaient lui rendre visite ensemble pour retrouver la complicité du petit conservatoire parisien. Gina avait alors soixante-douze ans et vivait au milieu d'une horde féline et odoriférante dans une maison de l'ancienne ville. Ses enfants d'élection, comme elle se plaisait à les nommer, trouvaient chez elle le charme des demeures familiales qui n'imposent aucune activité particulière, hormis le plaisir d'en savourer l'accueil renouvelé. Ils disposaient chacun d'une petite chambre mansardée fleurant bon la lavande dont Gina garnissait les armoires. Le matin, tous deux retrouvaient la vieille dame dans la cuisine ensoleillée pour un petit déjeuner qu'ils savouraient lentement, tout au bonheur de leurs vacances communes. Durant le jour, ils lisaient, bavardaient, jouaient du piano et se baignaient, si la saison s'y prêtait, sans jamais élaborer de projets précis. Leur présence éclairait la morosité de Gina, mal remise d'avoir dû renoncer à son métier en raison d'une sévère arthrite lui grippant les mains. Marie et Tristan étaient les seuls, leur disait-elle affectueusement, à bénéficier du privilège de sa réception. La vérité est qu'elle était bien isolée, mais la puanteur de ses chats dissuadait toute affection moins tenace que la leur. Son acuité auditive était demeurée intacte et elle n'imaginait pas que l'olfactive ait pu subir quelque dommage. Gina qui faisait « opérer » ses mâles, selon son pudique euphémisme, s'étonnait de ce que l'intervention les rendît inodores : « On ne trompe pas mon nez », disait-elle en tapotant ce pauvre organe cautérisé par des remugles ammoniaqués. L'empressement de Marie et Tristan à changer les litières l'agaçait prodigieusement.

Le cheptel croissait, eût-on dit, à chaque visite. Il y avait des chats partout, de toute race, de toute couleur, de tout âge. On marchait dessus, on se réveillait dessous, il fallait les chasser pour se laver, manger, ou simplement s'asseoir. Marie suggéra à sa tante de faire stériliser les femelles ; elle en fut choquée :

« Trouve-moi donc, petite, un seul bienfait né de la stérilisation féminine !

– La limitation des naissances !

– Je ne te parle pas de l'effet prosaïque de l'acte, péronnelle, mais d'un bénéfice réel pour l'humanité. »

Marie ne sut que dire et Gina triomphait.

« La castration, osa-t-elle prononcer, fut une monstruosité pratiquée de tout temps par de nombreux peuples. Les eunuques des harems sont demeurés célèbres, mais en Chine on aimait à créer ainsi des jeunes gens à l'aspect efféminé. À Athènes, à Rome, on usait de ce moyen pour s'assurer de la docilité des esclaves mâles ; il y eut même des cultes religieux qui préconisèrent cette pratique. »

Gina rosissait, un peu honteuse de susciter de telles images.

« Et alors ?

– Ne sais-tu pas que de cette horreur est née une des plus belles choses au monde, la voix de castrat, l'adulte-enfant à la voix d'or, celui qui porte Monteverdi comme les colonnes d'un temple. Ces chanteurs avaient la pureté du timbre enfantin, mais décuplé par la puissance et la technique d'un organe adulte. Mozart les admirait éperdument, Bellini ne se consolait pas de leur perte et les femmes se pâmaient de délice à leur écoute. Nous n'entendrons jamais plus ces sopranistes ou contraltistes de légende.

– Et c'est pour cela que tu interviens sur tes chats et laisses les chattes en paix ?

– Ne me fais pas dire ce que je n'ai pas dit, se fâcha Gina. Je ne peux ni nourrir des dizaines d'animaux, ni tuer les jeunes ; par ailleurs, je n'arrive pas à les placer, il faut donc bien agir !

– Alors comment expliquez-vous que vos castrats à moustaches se multiplient ? intervint Tristan.

– La providence, mon petit », répondit la vieille demoiselle caressant ses matous nommés Caffarelli, Cusanino, Farinelli, Senesino ou Carreras. Les chattes, il est vrai, répondaient aux noms de Sontag, Malibran, Grisi, Callas ou Caballé. L'excentricité de Mme Moréno croissait avec l'âge ; elle prenait même un tour rituel ; c'est ainsi que deux jours après l'arrivée de Tristan, elle s'enquérait de sa mère avec agressivité. Peu lui importait, d'ailleurs, elle tenait seulement à répéter :

« Ta mère, quand j'y songe, prétendait t'avoir donné ta voix, elle couinait ! La dernière fois que je l'ai vue, elle m'a parlé de ton défunt père… Je ne l'ai pas connu. Mais ta voix, mon enfant, c'est de Dieu que tu la tenais, et j'ai eu le bonheur de la développer.

Jamais un enfant n'a chanté, ne chante et ne chantera comme toi. Que cette pensée demeure un baume au plus fort de l'amertume, mon petit. »

Elle le regardait avec tant d'amour et de tristesse que Tristan bouleversé la rabrouait. « Heureusement que vous ne m'avez pas connu à Naples au XVIIIe siècle, vous m'auriez fait *améliorer* ! »

Mme Moréno s'empourpra, elle aimait à paraître délurée, mais trop de précision l'effarouchait. Ce n'était pas une vieille fille surie dans ses principes et vaguement originale, mais une femme passionnée et infiniment pudique.

À dix-huit ans, fille de la bonne bourgeoisie de Besançon, elle avait fait de la résistance en cachette de ses parents. On lui confiait des faux papiers qu'elle dissimulait dans les sacoches de sa bicyclette et remettait à des contacts au même endroit. Son minois de jeune fille de famille facilitait la tâche et elle avait de la chance. En août 1944, pourtant, les contrôles s'étaient faits plus nombreux, et une patrouille allemande surgit au moment où elle rejoignait un jeune homme inconnu chargé de récupérer les documents. Gina réagit vite : elle sauta de son vélo pour se jeter dans les bras du garçon et lui donna un baiser inspiré par les rares scènes d'amour qu'elle avait vues au cinéma. Les films devaient être suggestifs, le jeune homme était subtil, et le duo si réussi que les Allemands sourirent sans troubler les amoureux.

Enfin seule avec Pierre, c'était son nom, Gina eut une crise de larmes, elle avait eu si peur ! Puis, toute dignité recouvrée, elle accomplit sa mission et tint à préciser que ce baiser était pour elle le premier. Pierre éclata de rire et lui dit :

« Ne prenez pas la peine d'aller vous en confesser, mademoiselle, c'est déjà fait, vous êtes absoute, je suis curé ! »

Et il ajouta :

« Confidence pour confession, moi aussi, c'était le premier. »

Gina rentra l'esprit brumeux ; baiser, curé, danger, tout cela se mêlait face à l'urgence de la guerre.

La semaine suivante, un soldat allemand la prévint gentiment :

« Il est déchà là fotre amoureux. »

Et il s'attarda un peu à les regarder. L'étreinte fut moins spontanée mais plus troublante. Le réseau leur fit faire équipe jusqu'à la fin de la guerre. Gina, n'osant trop fouiller son cœur et son avenir, redoutait et espérait confusément le passage des patrouilles.

À la Libération, le prêtre retrouva sa soutane mais Gina était amoureuse. Pierre, professeur de mathématiques au séminaire, demanda son déplacement ; il voulait une tâche moins laïque, une œuvre de missionnaire, loin, très loin, et entièrement dévouée à Dieu. L'évêché la lui refusa en raison de sa santé délicate et lui proposa la responsabilité d'une paroisse importante. La vocation d'ecclésiastique mondain déplaisait à Pierre qui exigea et obtint d'être curé de campagne dans un village perdu.

Gina et lui n'osèrent pas se revoir, mais correspondirent toujours, se racontant leurs vies peuplées d'enfants. Elle enseignait la musique, lui le catéchisme et, aussi, les mathématiques aux enfants de son village devenu pépinière de scientifiques.

Quand Pierre mourut, Gina en reçut la nouvelle à Nice. Tristan et Marie, accourus pour la réconforter, la trouvèrent vieillie, comme si le chagrin avait libéré d'un seul coup les atteintes de l'âge. La voussure de son dos, ses gestes ralentis leur étaient douloureux. Elle gardait pourtant cette autorité qui les impressionnait, mais voilée par d'étranges absences, distraction, fatigue ou économie, peut-être.

Un après-midi, Tristan était allé se promener dans le vieux Nice dont il aimait respirer les ruelles vivantes, rétives aux touristes. Chacune a sa fragrance, friture, socca, cuir, odeur de noisette échappée des vestibules humides, parfum d'encens venu des chapelles. Dans cet ancien quartier où l'on ne s'agite pas sans nécessité absolue, Tristan retrouvait toujours ce bel exemple de sagesse méditerranéenne : une église qui conservait sa crèche dressée de Noël à la Pentecôte confondant la naissance et la résurrection au souffle du Paraclet.

Il alla s'attabler à une terrasse près du marché aux fleurs ; l'air iodé embaumait. Une fille chantait accompagnée par une déplorable guitariste ; sa voix, mal posée, détimbrait en passant d'un registre à l'autre, mais elle était puissante, chaude, superbe. Elle avait un répertoire hétéroclite, des bluettes, comme *La Vie en rose* ou *Les Feuilles mortes*, et puis de grands airs classiques, celui de Chérubin de Mozart ou la *Habanera* de *Carmen*. La chanteuse portait une jupe gitane, un t-shirt noué sous la poitrine et d'élégantes sandales de cuir tressé ; une barrette un peu kitsch retenait ses longs cheveux, mais elle avait un beau rubis au bout d'une chaînette. Le patron du café la laissait faire tant son allant et sa beauté séduisaient la clientèle. Sa voix rafraîchissait la vieille place serrée entre ville et mer, et le battement d'ailes des pigeons enveloppait touristes et Niçois comme la tente d'un théâtre.

Tristan ne remarqua pas la grâce de la jeune fille tant l'écoute de sa voix le captiva ; il lui semblait la boire, la recevoir comme une manne pénétrant son corps entier d'un goût de vivre dont il avait oublié la saveur. Le raclement des cordes de la guitare, et les battements de mains du public accompagnant les refrains, ne suffisaient pas à rompre l'enchantement.

À la fin de sa prestation, l'artiste salua en oubliant de faire la manche. Son amie la rappela à l'ordre, et la jeune fille, éclatant de rire, fit circuler un chapeau de paille avec la mine d'une communiante en goguette. Elle changea de restaurant sans se presser ; Tristan la suivit. Longue, blonde et le teint doré, elle ressemblait à une pêche juteuse dont la peau peluchée agace les dents.

Avant qu'elle n'ait commencé à chanter, des déménageurs déposèrent un piano sur le trottoir juste devant la terrasse, puis ils continuèrent leur va-et-vient de meubles du camion à un appartement. Le propriétaire, surpris de voir son instrument ainsi échoué, vint en demander la raison. On attendait des hommes et des courroies supplémentaires pour hisser ce poids jusqu'au deuxième étage. Sans gêne, la jolie chanteuse s'approcha, se présenta : « Éléonore Cheverny », et murmura enjôleuse : « Vous permettez ? » N'en doutant pas, elle souleva le couvercle, égrena quelques arpèges, et sourit au possesseur du piano qui le lui prêta jusqu'à son transport. Elle alla chercher le tabouret dans le camion, l'installa puis cria :

« Y a-t-il un pianiste dans la salle ? »

Tristan se leva sans savoir d'où lui venait cette audace. Le besoin éperdu d'entendre à nouveau la voix libérée de la guitare le fit s'avancer comme un somnambule. Il s'assit devant le clavier et, les mains levées, avide de guider le chant, interrogea :

« Que voulez-vous que je joue, mademoiselle ?

Éléonore, fière du succès de sa crânerie, affecta de n'être pas surprise par l'empressement de cet homme qui la regardait sans paraître la voir... Tout à son plaisir de chanter, elle ne se soucia pas de l'examiner.

– Vous connaissez *Non mi dir* dans *Don Giovanni* ?

– Mozart, oui, bien sûr. »

À nouveau retentit le timbre crémeux, opulent. Éléonore chanta l'air avec la fluidité, la lumineuse douceur, l'ardeur, aussi, qu'il exige. Sa voix s'ajustait si exactement au désir de beauté vocale de Tristan qu'il lui semblait sentir sa propre gorge se dénouer.

Il lui proposa ensuite *Orphée et Eurydice* de Gluck ; elle en connaissait les airs les plus célèbres et acquiesça, enthousiaste. Éléonore était musicienne, chantait avec fougue et une absence presque totale de technique. Elle ignorait sa tessiture, soprano ou mezzo, peu lui importait, mais sa voix était immense. Le public l'applaudit et réclama *Sole mio.* Éléonore eut un sourire d'excuse pour Tristan qui joua l'air napolitain avec jubilation. Mme Moréno le lui avait fait apprendre autrefois avec des fioritures d'un goût douteux qui les ravissaient. Le public les bissa et le patron leur offrit un verre. Leur entente musicale avait été si parfaite qu'ils ne songèrent point à faire connaissance : impatients de préparer la suite de leur concert impromptu, ils débattirent des ornements d'autres chansons italiennes. Jamais depuis qu'il accompagnait des chanteurs, Tristan n'avait joué avec autant de joie, entendu pareilles effusions, joui d'un semblable rayonnement ; son bonheur fut si grand qu'il paraissait avoir oublié la timidité qui le rendait si souvent muet ou abrupt. Au moment de la séparation, le pianiste découvrit la beauté d'Éléonore et son élégance mondaine qui la lui rendirent étrangère ; dégrisé, il coupa court à la courtoisie de la jeune fille, mêlant l'aisance à la cérémonie, et s'enfuit.

Le soir même, il raconta la scène à Gina :

« Elle aurait été une élève pour vous, madame, vous en auriez fait une Callas !

– Non, mon petit, elle est pour toi.

– Mais je ne suis pas professeur et, d'ailleurs, je ne sais même pas où elle habite.

– Tu sais tout de l'art vocal, et ta chanteuse de rues est probablement dans la rue. Cherche-la. Quand tu chantais, enfant, il me semblait former en moi les notes qui naissaient dans ta bouche. Tu as eu le même sentiment, retrouve cette jeune fille, Tristan. »

Mme Moréno s'agitait, elle aurait jeté Tristan dehors. Il lui promit tout au plus qu'il retournerait le lendemain au même endroit et à la même heure ; s'il devait la retrouver ce serait là, ou bien il abandonnerait.

Tristan ne cédait pas seulement au désir de son vieux professeur, rien ne lui arrivait par hasard, pensait-il. On l'avait nommé icône vocale, soprano miraculeux… Son enfance, fermée à l'hyperbole, s'était mirée dans ces termes. Une grâce l'avait habité, puis quitté, il en attendait le retour. Le labeur de chaque instant, la discipline infernale, la crainte constante des refroidissements, le don d'une vie d'enfant devaient être dédommagés. Il avait été amoureux de son destin dont il lisait la lumière dans le regard des autres. De l'euphorie à la chute, il en demeurait épris, éprouvant plus que jamais le besoin affolé de se donner vie par l'art vocal. Il voulait sentir renaître cette force au creux de son corps, la moduler de son souffle et de ses lèvres, afin que le chant déborde de sa bouche et remplisse théâtres ou églises comme un calice. Il n'avait pas trahi, oublié la voix pour un autre métier, aussi le sort lui était-il débiteur. Tristan courtisait une destinée dont il attendait le rachat.

Le lendemain, il retourna sur la place du marché aux fleurs. Sagement assise à une terrasse devant une limonade, Éléonore semblait l'attendre et lui fit de grands signes. Sa présence le surprit mais répondait à son espoir ; il s'avança lentement, pour gagner le calme nécessaire à une rencontre dont il espérait tant, et prit place en face de la jeune fille. Joyeuse, elle lui proposa de se produire avec elle dans un restaurant muni d'un piano, puis, retenue par un scrupule, ajouta :

« Évidemment, vous, vous êtes un vrai musicien, mais vous sembliez content de m'accompagner... Enfin, si vous êtes en vacances...

– Mais, mademoiselle, vous êtes chanteuse ? »

Éléonore s'empourpra puis, faute de trouver un argument convaincant, choisit la sincérité :

« Non, je chante dans la rue pour ennuyer mon père ! »

Elle venait d'obtenir son bac après une année passée en pension au lycée Lakanal à Sceaux, dans la proche banlieue parisienne. En récompense, son père, un diplomate voyageur et distingué, lui avait promis de l'emmener en Italie. Au dernier moment, Luc, ainsi l'appelait-elle, s'était dérobé, arguant d'une mission subite et urgente ; féminine, plutôt, conclut Éléonore dont le cynisme cachait mal une détresse enfantine.

« Et c'est pour cela que vous jouez les mômes Piaf ?

– Ben oui. Ma copine guitariste prend des photos que j'expédie à mon père. Il m'avait envoyé de l'argent pour que je rejoigne une tante aux Baléares ; j'ai préféré venir à Nice et le faire bisquer. Et puis j'adore chanter.

– Avec votre père, ça va marcher ?

– À mon avis oui, il déteste être dérangé.

– Et qu'allez-vous faire maintenant que vous êtes bachelière ?

– Mon père veut que je m'inscrive à Sciences-po ou en hypokhâgne.

– Mais vous, que voulez-vous faire ? Vous possédez une voix exceptionnelle, aimeriez-vous la travailler ? »

Éléonore haussa les épaules. Tristan l'observait avec une extrême attention. Elle lui semblait confuse de s'être si spontanément confiée ; son histoire, pittoresque racontée à des amis, devenait confidence une fois soumise à la solennité d'un tel auditeur. Tristan, par son insistance, la fit se réfugier dans la coquetterie d'une conversation salonnière, maîtrisant parfaitement cet art si délicat qui ne s'apprend, mais se transmet insensiblement dans certains milieux. Fuyante comme un poisson, Éléonore se mit à parler chant, musique, climat, sports, entêtant son pianiste par sa sociabilité amène. Il n'était ni spirituel ni mondain, et cette fille si belle le mettait mal à l'aise. Une fois quittée la connivence du chant, Tristan n'était plus qu'un homme laid face à une femme trop jeune. La beauté d'Éléonore et son incessant babil allaient lui faire perdre la chance de diriger sa voix, ce trésor dont elle ne voulait rien faire, ce timbre qu'il désirait comme jamais il n'avait convoité une femme. Étourdi, ne sachant comment présenter son projet, furieux de n'avoir pas préparé cette rencontre, il s'enquit brusquement de la formation musicale de la jeune fille. Derechef elle se déroba, plaisantant et dénigrant pêle-mêle ses dons, ses professeurs, elle-même, en une civilité de bon ton, étrangère au pianiste. Il persévéra, mais Éléonore esquivait tout entretien sérieux, le bavardage lui était badinage, tout soupçon de gravité lui paraissant manque de tact. En discourant, elle soulevait parfois ses longs cheveux blonds pour les torsader sur la nuque en un geste gracieux faisant de sa personne un spectacle.

Tristan se rappela son premier plongeon dans une piscine quand il était enfant ; la peur et l'audace s'étaient soudainement fondues dans la conscience de l'urgence du saut… Excédé par les afféteries d'Éléonore, il lui coupa la parole. Sans qu'il en eût le soupçon, sa grossièreté fut un coup de maître tant elle déconcerta l'urbanité de la jeune fille.

« Écoutez, mademoiselle, je ne cherche pas à vous séduire ; faire du café-concert avec vous ne me tente pas. Vous êtes très belle, mais je ne suis pas amoureux de vous, que cela soit clair. Je suis pianiste, j'accompagne des chanteurs classiques. Je l'ai fait en France, à l'étranger, aussi, dans plusieurs capitales. Je connais l'art vocal et sa technique, et je suis certain que votre voix est exceptionnelle. Vous pouvez devenir une soprano lyrique et faire une superbe carrière à condition de consentir aux exigences d'une formation difficile, austère, même. Vous m'expliquerez ce que vous savez. Si vous acceptez que je devienne votre professeur de chant, vous reviendrez à Paris. Inscrite à l'École normale de musique, vous suivrez des cours de solfège, contrepoint, harmonie, etc. j'y travaille. Mais vous n'aurez d'autre maître que moi en piano et en chant. C'est ma condition et elle est absolue. Vous avez dix-huit ans, il me faut au moins cinq ans pour épanouir votre voix. Si vous acceptez tout ceci, de ce métal brut que vous possédez, je ferai une voix d'or. »

Éléonore en resta coite.

Tristan exigeait une réponse.

« En fait, il faut que j'en parle à mon père… Je suis majeure et vous vous étonnez peut-être que je tienne tant à son approbation, mais Luc n'a que moi… Il m'a élevée seul depuis le décès de ma mère quand j'étais toute petite. Je ne peux prendre de décision importante sans lui.

– Consulter votre père est fort légitime, mademoiselle, mais je voudrais connaître votre désir : aimez-vous suffisamment le chant pour aspirer à devenir une grande soprano ?

– Je ne saurais répondre maintenant. Il est essentiel pour moi de ne pas contrarier les souhaits de mon père !

– Mais en chantant dans les rues vous ne vous conformez pas précisément à ses volontés, si je ne me trompe ?

– Je sais, c'est difficile à comprendre, mais je connais Luc. Mon escapade l'agace sans vraiment le fâcher… J'aurais voulu qu'il m'emmène en vacances après mon bac, et c'est ma façon de le lui faire comprendre… Ce n'est quand même pas la même chose que le choix d'une carrière !

– Pardonnez-moi d'insister, mademoiselle, mais cette carrière, c'est vous qui l'embrasserez… Prenons les choses autrement : vous sentez-vous l'envie d'entrer à Sciences-po ou en classes préparatoires ? Y a-t-il des études, un métier dont l'attrait dépasse pour vous celui de cantatrice ?

– À vrai dire, je n'y ai pas réfléchi… J'attendais mon père pour en parler avec lui.

– Vous ne répondez pas à ma question !

– J'aime la musique, c'est vrai, chanter, surtout. J'ai suivi tout le cycle du conservatoire de Sceaux en piano, solfège et chorale, mais je ne pensais pas en faire ma profession. Je chante pour mon plaisir ou pour celui de Luc. Devenir cantatrice serait magnifique, bien sûr, mais…

– Il suffit, mademoiselle, vous avez tout dit. Faites venir votre père afin de le persuader de votre grand talent. En attendant, épargnez à votre voix l'accompagnement de cette guitare mal accordée et commençons à travailler dès que possible, demain, par exemple. »

Tristan lui dévoilait un monde inconnu dont elle serait l'actrice. Fascinée, tentée, Éléonore céda, songeant, sans bien y croire, qu'elle ne s'engageait guère.

La jeune fille et le pianiste se revirent chaque jour jusqu'à la fin de la semaine. Tristan avait si brièvement rapporté son entretien avec Éléonore que Gina et Marie, stupéfaites par son audace, n'osèrent le questionner. Il avait demandé la permission de faire travailler la chanteuse dans la vieille maison jusqu'à la fin des vacances. Elle arriva dès le lendemain, rayonnante, semblant ne point remarquer les remugles félins. Assise devant la table à thé, sur le canapé de cuir fendu venu de la Butte-aux-Cailles, elle avait l'air de recevoir ses hôtes. Gina et Marie, résolues à taire le passé de Tristan, craignaient une curiosité légitime, mais la jeune fille ne s'inquiéta de rien. Le soleil ruisselant sur ses cheveux par la fenêtre ouverte, elle occupait déjà la scène. Son père avait enfin annoncé son arrivée, le dimanche suivant, et réservé une suite pour sa fille et pour lui ; jusque-là, elle dormirait chez la guitariste abandonnée à ses concerts en plein air. Belle, distante, l'étudiante revint chaque jour, travaillant avec application, mais disparaissant pour les repas sans que l'on sache si l'ennui ou la bonne éducation guidait ses refus. Gina lui parlait peu, de crainte de paraître rivaliser avec Tristan, mais Éléonore était extrêmement sensible à ses compliments sur sa voix, ses progrès, ses vêtements, même. Marie, qui s'amusait d'un tel appétit d'éloges chez un être aussi beau et talentueux, ne se sentait plus chez elle dans la petite maison désormais retentissante de vocalises ; elle était heureuse de la passion éveillée en Tristan, mais la soprano ne lui était pas sympathique, aussi, désemparée, presque jalouse, s'absentait-elle pour de longues promenades solitaires dont elle revenait apaisée. Gina, tapie dans son fauteuil, écoutait les leçons, de plus en plus convaincue des possibilités de l'artiste débutante.

À son arrivée à Nice, Tristan était triste, triste comme la vieillesse de Gina, triste comme leurs conversations diluées dans la douceur douloureuse de la mémoire. Il se rappelait sa petite enfance préservée du souci de l'avenir, ignorante encore du poids du temps. Son vieux professeur lui livrait le souvenir d'une femme gaie transportée par la joie de façonner l'élève si brillant. Parvenus au seuil de la déception, ils se taisaient.

Le chant d'Éléonore le rendit à la vie. En l'éduquant, il se reconnaissait, retrouvant en elle l'écho d'un passé restitué. La voix, rayonnant dans le vieux marché, lui était apparue comme la transposition féminine de son timbre d'enfant. C'était le même, mais enrichi des possibilités d'un organe adulte, nourri d'une sensualité étrangère à l'enfance. Elle était la ressemblance, le même et l'autre. Depuis le début de sa seconde carrière, Tristan se tenait à l'ombre des chanteurs, mais, grâce à la maîtrise de cette voix jumelle, il deviendrait l'âme d'un chant, l'esprit de son timbre. Il vécut cette semaine dans l'embrasement du souvenir désormais disponible et vivant, subissant le reflux du temps enrichi par la conscience émerveillée de le goûter. Il s'énamourait de la voix familière et étrangère, la sienne, mais promise à un envol dont il ignorait encore l'ampleur. Il s'en éprit comme on aime une femme, modela ce chant dont la féminité permettait l'effusion amoureuse, s'ouvrant à l'autre pour mieux revenir en lui-même. Gina le comprit vite en le voyant vibrer durant ses leçons, comme elle devina sa volonté de demeurer insensible à la beauté d'Éléonore : la jeune fille était moins resplendissante que sa voix dont il voulait rester le maître ; on quitte un amant, non un professeur génial ; or, Tristan qui mariait en son enseignement l'expérience, la connaissance et la flamme, promettait de devenir ce génie.

Il avait effectué son métier d'accompagnateur avec conscience, mais sans passion aucune. À vingt-neuf ans, ayant depuis bien longtemps renoncé à consulter professeurs et phoniatres, il n'existait plus qu'à la surface de lui-même. La rencontre avec Éléonore fut bien la renaissance qu'avait prévue Gina.

À la fin de la semaine, le soir, Éléonore se rendit à l'aéroport pour accueillir son père. Vêtue d'un tailleur de lin écru, d'une élégance étrangère à ses hôtes, elle partit seule, attentive à rester fraîche en dépit de la chaleur. Malgré la climatisation du hall, la foule transpirait, pressée contre les barrières d'accueil. Luc vit tout de suite sa fille, debout, un peu en retrait, souveraine, comme il lui avait appris à l'être, mais étincelante du bonheur de l'avoir encore une fois arraché à son amie du moment. Ils tiraient une telle fierté de leur ressemblance que leur rencontre parut mise en scène : ils s'avancèrent lentement l'un vers l'autre, rassurés par leur admiration mutuelle, satisfaits de leur distinction inconnue du public des vacanciers. Avant de serrer sa fille dans ses bras, Luc lui baisa la main. Une fois installés dans la voiture, il remplaça la réprimande, méritée pour ses frasques, par les moqueries dont il sanctionnait jadis ses sornettes enfantines. Elle eut honte, et lutta contre les larmes montantes pour préserver son allure de dame au rubis, ce bijou que son père lui avait offert pour sa majorité. Arrivés à l'hôtel, Luc commanda deux cocktails, puis interrogea sa fille sur ce qu'elle avait pompeusement nommé sa vocation. Elle raconta la rencontre de Tristan avec désinvolture, mentionna sa qualité de professeur à l'École normale de musique de Paris et, prudemment, s'enferma dans le mystère d'une audition offerte le jour suivant ; Luc, peu féru d'entretiens pédagogiques, s'en contenta.

Le lendemain, Éléonore chanta vers onze heures. Le diplomate, indifférent à la musique, transforma son détachement en hommage en déclarant son admiration pour un talent et un art dont il ignorait tout. Rassuré de trouver Tristan sérieux, laid, et pourvu d'un projet professionnel convaincant, il n'admit pourtant pas que sa fille pût se consacrer au chant. Agacé d'avoir été importuné durant ses vacances, il n'écouta pas les arguments de Tristan ni les timides interventions d'Éléonore. Luc voulait bien consentir à un caprice musical, non à une carrière lui semblant source de soucis évités par des études plus conventionnelles. Pour rompre le débat, il se leva, courtois, mais sec, et proposa un déjeuner en bord de mer ; ils choisirent un restaurant du vieux Nice afin de complaire à Gina qui ne prisait guère les déplacements en ville au mois d'août. Tristan, atterré, se taisait, et Marie, malhabile aux conversations mondaines, transformait ses propos en cours. Gina, fort égayée, déploya tous les bouquets d'une civilité d'apparat pour conquérir le diplomate et le convaincre de laisser Éléonore devenir artiste lyrique. Peignant l'avenir de la soprano, sa réussite et sa célébrité futures, flatteuses pour le dignitaire, elle lui promit que Tristan le déchargerait de toute préoccupation. Luc céda, soulagé, sans doute, de n'avoir plus à débattre de l'avenir de sa fille. De retour à Paris, il lui acheta un studio insonorisé situé entre l'École normale de musique et le domicile de Tristan, puis, toute insouciance retrouvée, s'en fut vers son travail et ses amours.

Durant ses années d'apprentissage, Éléonore se plia aux exigences de son professeur. Sa confiance en ses dons et sa carrière s'affirmait, mais elle découvrait avec un malaise croissant l'ampleur de sa dette et de sa dépendance envers Tristan. Parfois révoltée par la tyrannie subie, elle avait consulté d'autres maîtres. Aucun, pourtant, ne possédait le savoir intuitif de son potentiel vocal et des moyens de l'épanouir. Sans Tristan, elle était incapable de développer pleinement sa voix, mais sa personnalité l'écrasait. Ignorant son passé de soliste, elle ne pouvait comprendre cette passion dévorante pour son chant. Peut-être le crut-elle épris d'elle, ou bien le fut-elle un peu elle-même, Tristan avait l'attrait de son talent et de l'énigme de son comportement. Attentif, passionné quand il la faisait travailler, il devenait ensuite froid et distant, presque hostile à cette femme, gardienne d'un trésor dont elle pouvait à chaque instant lui dérober l'accès.

Professeur et élève se virent presque quotidiennement pendant cinq ans ; leur communion artistique était parfaite, mais, une fois le travail achevé, leur relation retrouvait la distance imposée par Tristan. Sans doute ce mélange de confiance et de réserve était-il favorable au développement professionnel d'Éléonore, la contraignant à une rigueur sans faille, mais il lui pesait : elle tenta de le briser un an environ après leur rencontre.

Ils avaient longuement travaillé une aria de Mozart ; Tristan s'était levé pour se reposer en regardant la pluie brouillant les feuillages du parc Montsouris. Il habitait et enseignait en face de ce jardin, dans un petit appartement au dernier étage d'une ancienne maison particulière. En se retournant, il vit le reflet de la cantatrice dans le grand miroir dressé au fond de la pièce ; cambrée, la tête renversée, les mains soutenant la nuque, elle se détendait aussi. Le bruit de la pluie sur les vitres rendait plus sensible le silence du studio et son intimité imposée par le parfum d'Éléonore ; l'échauffement de la peau durant l'effort exigé par le chant avait imprégné la pièce d'une senteur précieuse, un peu capiteuse. La jeune femme remonta son étole le long de son bras nu, caresse dont Tristan perçut le son soyeux. D'habitude, il la reconduisait dès la fin de la leçon, mais la pluie, le frisson qu'elle avait eu, trahissant sa fatigue, et son propre désir de la garder encore le retinrent. Le buste appuyé sur le piano, Éléonore, le regard atone, souriant un peu, lasse, dit-elle, demanda du thé. Quand Tristan revint, elle s'était assise de biais sur le sofa placé à gauche du piano, un bras plié sur l'accoudoir, la joue reposant sur la main ; le visage détourné, elle contemplait la pluie d'été glissant sur les vitres. Quand Tristan posa son plateau sur la table, le tintement des tasses ne lui fit pas tourner la tête. Il eut peur. Pour la première fois, il ne dirigeait plus la chanteuse, tel un Pygmalion anxieux de masser une voix en un chef-d'œuvre qu'il voulait étranger à la femme ; le chant achevé, elle était restée, et son regard dérobé interdisait l'oubli de son corps et de son parfum. Tristan rêva de s'approcher, de repousser doucement la jambe de la jeune femme pour s'asseoir contre elle et l'enlacer. Il croyait sentir déjà la rondeur de l'épaule au creux de sa main, sa chaleur douce, mais ne bougeait pas. Il avait eu peu de maîtresses et se savait laid ; peut-être Éléonore était-elle émue par son autorité, son savoir, son regard... Incertain, debout entre le miroir et le divan, il sentait naître le désir et l'humiliation. S'il cédait à ce vertige de faiblesse que lui donnerait la bouche d'Éléonore, s'il tentait de boire la voix jusqu'au creux de sa gorge, l'élève deviendrait une amante capable de le trahir et de lui ravir son chant. Une révolte proche de la haine le réveilla...

Il alla chercher la tasse et la tendit sans trembler à la jeune femme. Éléonore était si bien élevée qu'elle prit son thé sans marquer de surprise ou de dépit, ne sachant d'ailleurs ce qu'elle attendait. Elle aurait voulu qu'il l'aimât, mais elle-même n'était que troublée, intriguée, aussi, par un dévouement qu'elle ne comprenait pas. Elle but, maudissant les légers bruits de gorge qu'elle ne pouvait réprimer, puis se laissa raccompagner comme à l'accoutumée. Il ne pleuvait plus ; une fois dehors, elle fut délivrée, songeant qu'elle avait bien failli se brûler les ailes.

Ils ne parlèrent jamais de cet après-midi et reprirent leur travail acharné.

Au cours des rares visites de son père, Éléonore tut cette scène, mais se plaignit de l'alliance de dévouement et de froideur que lui témoignait Tristan, la rendant captive et ignorée tout à la fois ; Luc ne fit qu'en rire, comme d'un dépit de femme coquette, et ses taquineries laissèrent sa fille perplexe, doutant de la légitimité de son mal-être ; il avait toujours réprimé par la moquerie ses inquiétudes, ses peurs, et même ses espiègleries et sottises d'enfant. Éléonore, qui vénérait ce père si lointain et craignait ses railleries, se laissa persuader de demeurer docile à l'enseignement de son professeur afin de conquérir une carrière d'exception. Elle n'eût d'ailleurs pas songé à discuter les opinions de Luc : idole ou fantasme, mieux qu'homme, il lui paraissait nimbé d'une aura sans nuance, l'épure d'un père et d'un diplomate telle qu'en montrent les magazines mondains.

Durant cinq ans Tristan ne fit pas auditionner son élève, se jugeant seul habilité à entendre cette voix qui lui révélait ce qu'il y avait en lui de plus profond. Les récitals, le succès lui déroberaient un peu de son bonheur. On aime moins ce qui vous complète que ce qui vous ressemble et la voix comblait à la fois le désir gémellaire et le besoin de mystère propres à l'amour. Il était intraitable avec Éléonore, l'obligeant à dépasser la pure beauté vocale pour s'engager dans l'interprétation sincère, brûlante des œuvres. Déjà, il la préparait à devenir cette admirable cantatrice qui donnerait une densité bouleversante aux héroïnes d'opéra.

À vingt-quatre ans, elle fut prête. Tristan, professeur, accompagnateur, devint également impresario.

Il suffit de quelques auditions pour que tous deux soient engagés en France puis à l'étranger. Accompagnée au piano, Éléonore chantait Mozart, Schumann, Schubert, Wolf, Mahler et des mélodies françaises. Le succès public répondit aux éloges des critiques.

Ce fut la seconde étape de leurs relations. Fort courte, elle s'acheva par le récital madrilène qui en fut l'expression la plus parfaite.

Tes lèvres, ma fiancée,
distillent le miel vierge.
Le miel et le lait sont sous ta langue.

Le Cantique des Cantiques

Chapitre 3

Tandis que Tristan errait dans les rues de Madrid, après sa visite au Prado, Éléonore l'attendait au théâtre. Elle était furieuse comme peut l'être une femme ravissante et adulée, avec une sorte d'incrédulité scandalisée. Impatiente, elle consultait sa montre, arpentait la scène, descendait ou montait des vocalises sous l'œil des machinistes. Venus échanger le piano ordinaire, présent sur le plateau, contre le Bösendorfer réclamé par Tristan, ils restaient sur place, captivés par la cantatrice. Elle ne savait pas l'espagnol, aussi parlaient-ils d'elle sans gêne aucune, facticement absorbés par des tâches inutiles. Le plus jeune, ému, un peu naïf sans doute, soupira :

« Elle est belle comme une sculpture ! »

Ses camarades s'esclaffèrent, mais il y avait quelque chose de vrai : à vingt-quatre ans, même agitée ou en colère, Éléonore se mouvait avec tant d'harmonie qu'elle semblait toujours enchâssée dans l'élégance de ses lignes.

Être vue ainsi, contrainte à l'attente, l'humiliait ; à

sa gêne se mêlait la conscience d'être admirée et de théâtraliser son agacement. Parader pour ces quatre inconnus la mit si mal à l'aise qu'elle s'assit au piano pour répéter jusqu'à l'arrivée de Tristan. C'était contraire à ses habitudes : à l'approche d'un récital, elle aimait à se consacrer entièrement au chant et détestait s'accompagner elle-même. Au premier accord, plaqué avec colère, le piano se déroba et fila, glissant vers les coulisses ; ses roues n'avaient pas été bloquées. Le jeune employé, toujours bouche bée, faillit être écrasé par le monstre noir, plus lourd que les *toros* de son pays. Ses camarades se précipitèrent, retinrent l'instrument et le ramenèrent vers la chanteuse pour l'immobiliser avec un *¡ Olé !* retentissant. Éléonore éclata de rire. Toujours en espagnol, son candide admirateur expliqua que le retard du maestro était une grâce de la Mère de Dieu : la diva, adossée au Bösendorfer, aurait été renversée, écrasée peut-être, dès les premières notes jouées par le pianiste. Enfin il se signa, contempla Éléonore, et conclut, rouge de confusion : « *¡ Qué calor !* » Il était si charmant, et la bonne humeur de ses camarades si contagieuse, qu'Éléonore s'apaisa.

Quand Tristan parut enfin, sa cantatrice chantait *Granada* entre deux rires. L'un des employés lui avait écrit le texte en phonétique, un autre, assis sans révérence sur la queue du piano, battait la mesure, et les deux derniers dansaient, jouant des castagnettes avec les doigts, tandis que leurs semelles soulevaient la poussière. L'arrivée du pianiste figea la fête. Les machinistes retournèrent à leurs tâches, et la soprano acquiesça aux excuses un peu sèches de Tristan, surprise, une fois encore, par son humilité envers cet homme. Pensive, elle le regarda s'installer, discret et silencieux, comme d'habitude ; sans doute lui devait-elle une infinie gratitude pour avoir découvert et formé sa voix... Elle devinait, pourtant, qu'il ne tirait pas de leur relation la fierté ordinaire d'un professeur pour une élève douée. Généreux de son temps, financièrement désintéressé, peut-être prenait-il plus qu'il n'offrait : elle en avait l'intuition, non la compréhension, aveuglée par un trop grand souci d'elle-même. Éléonore n'était pas frivole, désinvolte, plutôt, ou indifférente comme le sont ceux que la vie paraît avoir comblés sans mesure. Et puis Tristan décourageait l'amitié. En ces années de travail commun, il ne s'était jamais livré ni n'avait cherché à connaître son élève ; seule l'intéressait cette voix dont il se jugeait l'acteur, à la fois intuitif et lucide, sensitif et critique. Comme certains metteurs en scène subjuguent les interprètes, Tristan libérait l'art vocal de son élève. Elle convenait de son autorité et s'y soumettait, consciente que toute discussion l'eût acculée à l'insignifiance. Bien plus que pédagogue, il était le démiurge de ce chant, recréant un paradis perdu qu'il était seul à connaître.

Il se mit au piano, Éléonore s'adossa à la courbure de l'instrument et se concentra.

La dernière répétition ravissait toujours le pianiste ; la voix, affinée par un long travail s'offrait seule avant l'affrontement au public.

La chanteuse ne conçut jamais la volupté qu'il éprouvait à modeler son timbre ; une jouissance proche de la souffrance quand s'élevait, pleine et nue, cette voix dont il avait formé la musicalité ; il lui semblait alors masser le chant comme une glaise, cette beauté dont chaque note naissait en lui mais jaillissait de la bouche d'une autre.

Tristan, qui savait mieux que quiconque la fragilité de l'organe vocal, avait protégé Éléonore de la tentation précoce des grandes salles et de l'opéra. Lors de ses premiers récitals, seules les mélodies françaises et romantiques allemandes, quelques arias de Mozart lui avaient été permises. Il eût souhaité que jamais la voix jumelle n'ait à quitter ses doigts, à rayonner dans un orchestre et à se marier au timbre d'un ténor ou d'une basse. Derrière son piano, il aurait alors toujours guidé le chant, l'aurait porté comme, dans un pas de deux, les danseurs se touchent et s'écartent sans jamais se séparer tout à fait.

Cependant, les directeurs d'opéras, les meilleurs chanteurs sollicitaient la soprano. Elle-même semblait vouée aux brillances des héroïnes italiennes. Afin de ne pas perdre son élève, Tristan la formait déjà à la densité du bel canto. Pour n'y pas penser durant cette répétition, il laissa Éléonore chanter tout son programme sans l'interrompre. Sur le clavier, ses mains guidaient, retenaient la voix puis la laissaient filer comme une cavale. La cantatrice s'attendait à des critiques, à l'invitation à de multiples reprises ; les éloges la touchèrent. Il lui conseilla le repos et lui exprima sincèrement ses excuses pour son retard.

Le lendemain, le récital fut un immense succès. Marie, en vacances en Espagne, y assistait avec Julien, son demi-frère. Médecin venu participer à un congrès tenu à Madrid, Julien avait prolongé son séjour pour revoir sa sœur et l'avait accompagnée au concert. Marie alla saluer l'artiste dans les coulisses avant son entrée en scène. Retranchée dans sa loge, la gorge voilée de mousseline, des gerbes de fleurs éparses sur le sol, Éléonore lui parut l'image presque trop parfaite d'une cantatrice. Accueillie avec cordialité, Marie eut le sentiment que sa visite suscitait un véritable plaisir ; c'était vrai, sans doute, mais si léger. La soprano était de ces êtres dont l'accueil toujours empressé, chaleureux, laisse croire à une affection réelle ; ils vous reçoivent, vous reconduisent, puis l'on découvre, piteux, que tant de charme n'était qu'efflorescence mondaine, gentillesse distraite. Elles parlèrent de Nice et de Tristan, aussi ; un être insupportable, selon son élève, mais un fabuleux accompagnateur qui soutenait sa voix et en prévenait toute défaillance. À chaque instant, des privilégiés entrouvraient la porte, saluaient la chanteuse, la complimentaient ou s'inquiétaient de sa santé. Radieuse, Éléonore savourait la perte du trac de ses débuts, cette déroute brutale de la concentration, ce reflux du sang qui glace le bout des doigts. Marie l'admirait sans pouvoir l'aimer, elle était trop belle, pensait-elle, trop racée, trop élégante, et cet excès de grâces suscitait la passion, l'enthousiasme, non la tendresse. Le régisseur renvoya les visiteurs et Marie prit congé. Quand elle parvint à son fauteuil, l'obscurité commençait à fondre doucement les spectateurs dans la même attente. Les bruits habituels aux salles de concert, toux, raclements de pieds, chuchotements, froissements de papiers se calmèrent. Sur la scène illuminée, le piano lourd et luisant focalisait tous les regards.

Discrètement suivie par Tristan, Éléonore parut. À la lumière coruscante des projecteurs, elle émergeait du fourreau de sa robe comme une ondine. Sous les mains de Tristan résonnèrent les premières notes d'une aria de Mozart. La diva, recueillie, inspira d'abord longuement et commença. Tristan lui avait inculqué une technique sans faille ; sa palette vocale s'était déployée, capable, semblait-il, d'une diffraction à l'infini. Son chant exultait, débordait comme d'une coupe trop pleine ; d'un lyrisme flamboyant, il semblait émaner de tout son corps, ruisseler de ses cheveux dénoués à la Desdémone. Il resplendissait, habile à feutrer les aigus ou diaprer les graves, capable de sonorités extatiques ou d'abandons frémissants. Elle était déjà l'actrice qui, à la pâte somptueuse de sa voix, mêlerait une intensité dramatique capable de faire revivre les héroïnes du répertoire.

À leur poste, les machinistes jouissaient de l'harmonie parfaite entre le chant, le jeu et l'attrait physique d'Éléonore. Le répertoire du lied et de la mélodie exige un charme subtil, intimiste, convenant parfaitement à la jeune soprano. Tristan n'avait pas eu à lui enseigner le charisme nécessaire pour conquérir son public : au rayonnement de sa voix, Éléonore ajoutait naturellement un désir de plaire transformé en don depuis sa petite enfance.

À l'entracte, le public lui fit cette ovation qu'il réserve aux grands artistes ou à ceux qui promettent une carrière exceptionnelle.

Julien, ébloui, pressait sa sœur de lui présenter la chanteuse, mais Éléonore se reposait et ne recevait personne, Tristan y veillait. Lui-même attendait dans sa loge. Sur la table de toilette était posée une reproduction des *Ménines*. Il la contemplait, sensible à la tristesse du regard de Vélasquez. Le peintre achève son tableau. À la dernière touche, il posera ses pinceaux et, quittant son créateur pour le public, sa toile ne lui appartiendra plus. Tristan aussi devrait abandonner ce huis clos délicieux avec son œuvre. L'opéra, l'orchestre la lui arracheraient, le laissant professeur, imprésario, mais non plus le maître et le servant uniques. Mariée aux timbres des chanteurs, soutenue par les musiciens de la fosse, la voix lui serait non interdite, mais forclose. Fasciné par l'image du peintre, luttant contre l'angoisse montante, il songeait qu'il lui restait encore la moitié d'un récital...

L'entracte s'acheva. Avant que les lumières ne s'éteignent, Luc se glissa dans la salle. Durant la formation de cantatrice d'Éléonore, il l'avait peu vue ; selon la promesse de Gina, le choix professionnel de sa fille lui avait procuré le confort de l'irresponsabilité, aussi ne s'était-il mêlé de rien. De loin, il avait pourtant redouté les demi-succès ou les semi-échecs du métier d'artiste ; avoir enfanté une chanteuse noyée dans les chœurs ou courant le cachet l'eût consterné. Les premiers succès d'Éléonore et sa réputation croissante le flattèrent. Reconnaissant, il voulut célébrer avec la jeune diva la fin de la première étape d'une carrière si prometteuse. Retenu à l'ambassade, il arriva juste à temps pour la seconde partie et gagna sa place sans bruit. Éléonore, ignorant sa venue, ne l'aperçut pas parmi les spectateurs. Luc, assis à côté de Julien sans le connaître, salua discrètement Marie. Le concert reprenait...

Portée par l'exaltation du public, puis par la qualité de son silence, Éléonore donna le meilleur d'elle-même. Tristan l'accompagnait avec une joie douloureuse et concentrée ; chaque note avait pour lui le poids du bonheur présent et des regrets futurs. Pour la seconde partie, la soprano interpréta tous les *Chants d'Ellen* de Schubert, sachant s'effacer devant la partition avec un sens scrupuleux de sa lisibilité, un infini respect pour sa beauté fluide. Elle sut traduire le miracle de l'union entre le texte et la mélodie en une poésie dont aucune limite technique ne semblait dirimer le déploiement. Le timbre prenant était reconnaissable entre tous, et savait moduler le vibrato ample et lent que réclament les romantiques allemands. Tristan avait inculqué à son élève une maîtrise parfaite du legato, qui, jointe à la beauté du son, à l'ampleur de la voix et au raffinement de l'interprétation créèrent une atmosphère dont chaque auditeur se sentit le destinataire.

Quand le programme fut achevé, après un bref silence donné aux plus beaux concerts, la salle entière se déchaîna. Il y eut six bis, réclamés par des auditeurs applaudissant, trépignant et hurlant avec délire. Enfin la cantatrice se tut, le cou ondulant en une lente et lasse pâmoison que démentait l'éclat triomphant du regard. Tristan abaissa le couvercle du piano et se retira, laissant la soprano recueillir les acclamations. Nul ne remarqua son absence : vêtu de noir derrière le piano sombre, il s'effaçait à un point tel que seuls les musiciens avertis admiraient l'excellence de son jeu. À cette époque, ayant acquis une flatteuse réputation d'accompagnateur, il aurait pu exploiter cette chance et accepter les offres d'autres chanteurs ; il préféra se consacrer à la voix d'Éléonore ; y renoncer eût été la mort de tout ce qu'il était aujourd'hui, de tout ce qu'il n'avait pu devenir. Incapable d'abandon, Tristan était inapte au bonheur ; former la voix d'Éléonore l'avait rendu heureux, certes, mais il ne savait pas jouir du présent ; toute joie lui paraissait menace d'un tourment futur, toute douleur prélude à l'amertume.

Il partit se changer à l'hôtel avant de retrouver la soprano pour souper, et évoquer l'avenir de leurs carrières.

La découverte de son père fit un immense plaisir à Éléonore qui, tout au bonheur de ces retrouvailles, fit attendre ses admirateurs. Connaissant le peu de goût de Luc pour le chant, elle ne s'enquit pas de son opinion musicale, mais s'assura de sa fierté pour sa réussite et sa célébrité naissante. Il la combla sans effort, ce succès caressait sa vanité. Cérébral et caustique, le diplomate avait la tendre indifférence des égoïstes aimables et soucieux de leur paix. Le régisseur vint prier la cantatrice de recevoir les amateurs d'autographes massés dans le vestibule du théâtre. Luc se retira dans le petit salon attenant aux loges des artistes tandis que sa fille se changeait. Seul dans la pièce, il vérifia l'élégance de son smoking puis s'assit pour feuilleter le programme du concert ; sur les nombreuses photographies reproduites, le visage d'Éléonore lui parut resplendir.

Luc était assez lucide pour ne point s'attribuer la valeur tutélaire que lui prêtaient l'amour d'Éléonore et la faveur de ses amis. Après la perte de sa femme, il n'avait éprouvé aucun désir de remariage, et cette inclination pour le célibat lui fut comptée telle une vertu paternelle. Cette enfant jolie et docile devint tout à la fois un mérite, un atout de séduction et un alibi contre des amours envahissantes. Elle était la seule femme importante de sa vie, lui avait-il souvent répété, la rendant naïvement fière de cette élection. Épris de liberté et de voyages, Luc avait confié sa fille à des pensions durant l'année scolaire, puis à des parents pendant les vacances. Lui-même l'emmenait un mois par an dans des hôtels de plus en plus lointains et luxueux. Parfois, de passage à Paris, il venait la chercher, improvisant une escapade qui rendait plus dur le retour à la grisaille quotidienne, mais plus fascinant encore ce père brillant et trop absent. En regardant les portraits d'Éléonore, Luc s'étonnait de la passion qu'elle avait toujours conçue pour lui et de son constant désir de lui plaire. Mais voici que l'enfant sage était devenue une soprano lyrique célèbre... Satisfait, amusé, aussi, il s'étonnait de la bonne fortune de cette éducation si distraitement dispensée : nombre de ses amis, parents attentifs, connaissaient tant de difficultés avec leurs enfants choyés que sa propre réussite le faisait jubiler, comme un joueur dont un simple geste a fait sauter la banque.

Entendant Éléonore fermer la porte de sa loge, il vint à sa rencontre et la complimenta sur sa beauté. La main posée sur le bras de son père, la jeune femme rayonnait. En descendant vers le hall, ils se mirèrent dans une grande psyché ornant l'escalier et sourirent une fois de plus à leur ressemblance. Peut-être n'avait-elle consenti à tout ce travail passé, n'acceptait-elle tous les efforts à venir que pour éblouir, conquérir ce père qui, depuis l'enfance, lui disait souvent, debout auprès d'elle devant un miroir : « Nous sommes de la même race. »

Ils rejoignirent la foule des adulateurs. Luc quitta sa fille avec cérémonie et la pria à déjeuner pour le lendemain avant leur départ vers l'aéroport. Fatigué, il déclina son invitation pour le souper qu'il déclara trop professionnel pour un profane.

Julien avait traîné Marie dans le restaurant où devaient dîner les interprètes. Heureux de la présence de Marie, Tristan vint s'asseoir près d'eux jusqu'à la venue de la chanteuse ; il avait déjà rencontré Julien que déconcertait son humeur taciturne. Installée sur la banquette en face des deux hommes, Marie s'amusait à les comparer. Tristan parlait peu, mais avec une vivacité extrême qui faisait étinceler son regard vert. Curieusement, la beauté de ses yeux attristait tant elle soulignait la disgrâce du reste du visage. Le pianiste prenait peu de soin de son aspect et portait son frac sans aisance, mais ses mains étaient belles et ses gestes expressifs. Julien le dominait d'une tête. Fils d'un premier mariage de leur père, il n'avait jamais vécu avec Marie et tous deux avaient attendu l'âge adulte pour se connaître. Séduisant, attentif et sûr de lui, il ressemblait à un joueur de tennis en pleine gloire.

Éléonore apparut enfin, sachant entrer, marcher, virevolter avec une aisance confondante. Sa présence se faisait spectacle avec un naturel oublieux de toute mise en scène. Plusieurs convives la reconnurent et arrêtèrent sa marche vers Tristan.

Des glaces couvraient les murs de la salle à

manger ; la cantatrice les rendait vivants, s'y mirant comme on se love dans une fourrure, comme on se caresse à un pelage. Les reflets multipliés revenaient à la jeune femme comme autant d'hommages, et les dîneurs devenaient public. Elle savait sourire, se plaire et offrir à tous une image qui lui était rendue comme l'écho de son charme ou de sa séduction. Elle était, ce soir-là, d'autant plus belle que, peinée par l'absence de son père au souper, elle s'appliquait à offrir un visage lisse, impénétrable, comme si l'excitation née du succès s'était métamorphosée en sérénité. Les compliments adoucissaient, pansaient son désappointement, écho présent de déceptions semblables.

Éléonore avait l'aisance des mannequins ; ces femmes ou ces hommes dont l'étrange métier est de plaire sans rien faire d'autre qu'être. Ils exhibent sans indécence leur fraîcheur de Narcisse, paraissant trop somptueux pour que les souille le désir du public. Les journalistes douteux aiment à leur prêter les amours et les scandales qui seyent aux artistes ou aux têtes couronnées, mais l'improbable vacuité de leur métier abrite leur intimité ; étrangement, rien n'adhère à ces silhouettes glacées comme le papier des magazines luxueux. Ils sont trop superflus et majestueux pour paraître sales, malades ou malheureux. Plus on les filme, les habille, les farde, les admire, et plus on les perd dans leur propre spectacle. La jeune diva papillonnait toujours de table en table ; Julien, captivé, s'étonnait que cette femme dont le talent avait emporté toute une salle sache soudain n'être que belle. Il insistait pour être présenté, mais Marie n'osait pas : la vedette lui avait fait un aimable signe de tête décourageant toute autre intervention. Il alla dès lors au-devant d'elle pour la féliciter ; il révéla tant de charme et de drôlerie qu'elle le pressa de prendre place à ses côtés, invitant aussi Marie devenue le prétexte d'une séduction mutuelle. Dérangeant d'autres convives, le maître d'hôtel agrandit la table et ajouta deux couverts.

Une jeune fille était entrée dans le restaurant portant en bandoulière un panier rempli de roses qu'elle proposait aux clients ; Julien l'appela d'un signe, lui acheta toutes ses fleurs qu'il posa devant lui, et demanda du fil de fer au garçon. Aux questions d'Éléonore, surprise et charmée, il affirma fort sérieusement vouloir lui tresser des couronnes. Après avoir remis à Marie une rose dite de la philosophie, il confectionna une longue guirlande dont il orna la cantatrice suivant l'inspiration de divers tableaux. Il lui fit incarner *Le Printemps* de Botticelli, puis laissant couler le ruban de roses le long des cheveux, recréa une *Vierge* de Klimt ; enfin, un diadème enserrant la tête d'Éléonore célébra sa ressemblance avec la belle Hélène de Gustave Moreau. En l'honneur de ces tableaux vivants, le maître d'hôtel avait retardé l'arrivée des plats ; les autres dîneurs, Espagnols et auditeurs du récital pour la plupart, applaudissaient à ces galanteries. Coiffée en reine de Sparte, la cantatrice, captivée par Julien, avait complètement oublié son maître de chant et le plan de carrière dont ils devaient débattre. Assise à une table devenue le point de mire du restaurant, Marie vivait un supplice qu'elle tenta d'abréger en rappelant à son frère l'objet de ce souper. Julien se confondit en excuses et complimenta la cantatrice :

« Rien n'est plus important qu'un bon chef de chant pour une artiste telle que vous. Fort heureusement vous avez le meilleur !

– Vous vous intéressez donc au chant depuis longtemps ?

– Depuis ce soir, mais passionnément ! »

Éléonore, aux anges, fut charmante avec Tristan qui avait attendu son tour. Pendant que Julien mangeait de grand appétit pour rattraper son retard, le pianiste proposa de demeurer le professeur et l'imprésario de la soprano et, bien sûr, son accompagnateur lors des récitals. Désintéressé, il se montrait seulement attentif à ne pas perdre le contrôle de la voix. Son offre simplifiait tant la vie d'Éléonore qu'elle ne s'attarda pas à comprendre ni à mesurer l'étrange sacrifice qu'il lui faisait d'une possible carrière. Elle avait besoin de Tristan pour développer sa voix, la plier aux mélodies lunaires de Bellini puis de Donizetti, ou aux outrances expressives de Verdi. Ils convinrent de continuer à travailler le répertoire italien et choisirent *Lucia di Lammermoor* comme premier opéra. Durant ce travail commun, au moins pourrait-il encore perpétrer cette effraction de la voix, habiter cette idole dont la nécessité toujours plus lucide lui devenait tourment.

Éléonore, impatiente de retrouver les marivaudages de Julien et son attention exclusive, tenait pourtant à témoigner sa gratitude à son professeur. Avouer une dette lui était doux, la suprême élégance de ceux qui savent qu'être redevable honore le donataire. Son père lui avait appris la puissance de la courtoisie, le raffinement de l'insouciance et l'impertinence de la légèreté.

Quand l'entretien professionnel fut achevé, Julien commanda une dernière bouteille de champagne pour fêter les victoires futures de la cantatrice, et conçut des plans pour les jours à venir. Déçu par l'annonce du prochain retour à Paris d'Éléonore, il proposa aussitôt d'égayer ses jours de repos.

« Mais que ferons-nous ?

– Le premier jour, nous irons sur les montagnes russes, au sommet de Notre-Dame, et nous survolerons l'Île-de-France en planeur !

– Quelles idées farfelues ! Mais pourquoi ?

– Pour connaître ensemble le vertige que vous m'avez infligé ce soir. »

Tristan et Marie, n'en pouvant plus, estimèrent n'être plus indispensables à la poursuite de ce badinage et prirent congé. Leur départ fut à peine remarqué. La nuit était fort avancée, mais les rues demeuraient peuplées et sonores.

Fourbu, Tristan raccompagna Marie à son hôtel observant un silence dont elle perçut la tristesse. Il avait le sentiment de vivre la fin d'un chapitre de sa vie.

Nous chantons à la fois
Que nous portons les cieux !
Ô seule et sage voix
Qui chantes pour les yeux !
(...)
Filles des nombres d'or,
Fortes des lois du ciel,
Sur nous tombe et s'endort
Un dieu couleur de miel.

Valéry, *Charmes*, « Le Cantique des Colonnes »

Chapitre 4

Pour la rentrée d'automne, à Paris, l'opéra Garnier avait porté à l'affiche *Lucia di Lammermoor* avec Éléonore Cheverny dans le rôle titre.

C'était exceptionnel en un temps où l'opéra Bastille avait confisqué presque toutes les grandes œuvres lyriques. La distribution était fastueuse. Pour la jeune soprano qui chantait son premier opéra en vedette et dans sa ville, le risque égalait la chance ; le succès la consacrerait mais l'échec serait fatal à sa carrière.

Tristan la jugeait capable d'assumer ce rôle symbolique pour les cantatrices : *Lucia* leur permet de faire valoir les qualités de leur timbre et leur virtuosité en une éblouissante pyrotechnie vocale. Un mois avant la première, quelques articles de revues musicales supputaient la performance de la jeune première. Sa voix, divine en récital, saurait-elle emplir la salle immense de l'Opéra et franchir la barrière de l'orchestre, relèverait-elle le défi de ce grand rôle de coloratura romantique ?

Éléonore travaillait avec Tristan les héroïnes italiennes depuis deux ans déjà. Lucia, Mimi, Butterfly, Elvira, Violetta... Toutes ces femmes éveillées de la nuit des mythes qui chantent, au risque de se perdre, un amour que, déjà, lèche la douleur. Leurs voix montent en de célestes aigus qui, suspendus, planent comme un rêve. On les écoute, nul ne les trouble, pas même les hommes qui les oppriment. Elles vocalisent au bord de l'abîme jusqu'au silence, jusqu'à la mort.

Puritanisme, misogynie ou cruauté, les grands Italiens et leurs librettistes exposent leurs héroïnes à l'amour pour mieux les faire périr. Qu'elles tuent de désespoir ou qu'on les tue, qu'elles meurent de misère, de détresse ou de démence, la musique les condamnait déjà. Éléonore rejoignait le destin de ces cantatrices triomphantes célébrant sans relâche la féminité immolée.

Longue et flexible, elle incarnait à merveille la vierge offerte au sacrifice, puis à la folie d'un meurtre, plutôt que de consentir à la chair d'un mari détesté. Au travers du bel canto et de ses folles cascades, doit naître le chant halluciné d'une victime vendue, brisée, folle. Sa voix portait si haut la douleur que les mélodies sublimées traduisaient une sensibilité brûlante qui ravagerait le public. Elle était parfaite pour ce rôle, ridicule quand il est mal chanté, sublime quand la somptuosité vocale emporte la partition.

Tristan lui-même ne s'attendait pas à une telle perfection. Il avait lancé Éléonore dans *Lucia* comme on lâche une pouliche dans une course, avec une curiosité si passionnée qu'elle en devenait cruelle.

En quittant le récital pour l'opéra, le chant échappait à son professeur ; il en demeurait le guide, mais non plus le maître. Ainsi, tel un amant jaloux, eut-il moins le souci de ménager la voix, de craindre pour elle les risques et la fatigue ; avant de la dévoiler au public, il voulait lui arracher tous ses secrets, en épuiser la possession et la volupté.

Dans son studio, Tristan faisait travailler sans cesse à Éléonore le fameux air de la folie, lui interdisant tout effet facile ou fioriture salonnière. Il accompagnait au piano les terribles vocalises, guettant les résonances dans les graves et les stridences des aigus. Mais la voix s'élevait, légère, galbant les phrases, sans jamais perdre suavité ni clarté.

Lucia, démente, croit retrouver son amant qui la mène à l'autel ; son chant exhale une douceur infinie. Pourtant, du rêve au cauchemar, elle se voit repoussée ; le sanglot veine alors la voix et la rend à la chair, puis s'effuse en de folles escalades vocales jusqu'à la mort.

Le timbre de la cantatrice se prêtait parfaitement au chant italien, mais il aurait aussi servi avec bonheur les opéras de Mozart dont Tristan le détournait. C'est qu'il goûtait un plaisir pervers, plus ou moins conscient, à recueillir dans les plaintes de la voix adorée l'écho de sa propre douleur.

Quand les répétitions commencèrent à l'Opéra, il comprit toute la vanité de sa quête : le talent d'Éléonore s'épanouissait sans lui, prenait son envol, et le laissait seul, la gorge sèche, humilié et lésé. Il n'était plus que l'imprésario d'une soprano dont il avait sculpté le timbre et enluminé le chant ; seule actrice de sa voix, la cantatrice lui en dérobait la flamboyance.

Tristan ne voulut plus assister aux séances de travail avec la troupe, et s'absorba en une tâche dont il cachait la nature. Il ne manquait pas à Éléonore qui, confiante en sa voix, était aussi éprise de Julien. Il l'avait suivie de Madrid à Paris, constamment présent pendant cette durée vacante entre le récital et l'opéra. Jusqu'au concert madrilène, la jeune femme s'était encore sentie étudiante, soumise aux doutes et à la scansion des exercices quotidiens. Désormais, elle s'éprouvait pleinement chanteuse, impatiente de braver l'avenir, la scène et le monde. Julien achevait de combler cette gourmandise de vie éveillée de la fièvre du travail. Peu musicien, le chant le touchait moins que la plastique et l'aura de vedette de son amie, mais c'était là séduction plus que défaut : fière d'être la féerie de son amant sans avoir rien fait d'autre qu'apparaître un soir, sur scène, à la clarté des projecteurs, Éléonore goûtait de n'être pas aimée pour la seule beauté de sa voix. La passion de Julien le rendait étranger à l'effusion des groupies d'opéra, avides d'autographes et prodigues en bouquets. Il s'amusait, pourtant, à se comparer aux jeunes dandies ou aux vieux beaux qui hantèrent les coulisses du théâtre dans la littérature et le quotidien de la vie parisienne. Spectateur assidu de la plupart des récitals de la diva, il était séduit par la femme toujours nouvelle que créaient la scène, les robes d'apparat et les lumières. Elle était pour lui semblable à une lanterne magique qui révèle, projeté sur les murs, l'enchantement de mondes différents. Éléonore devenait l'exigence de ses rêves, contrainte à l'éblouir encore, pour toujours captiver son regard.

Leur liaison était récente ; ils avaient tous deux conservé leurs appartements et se voyaient peu, avec une passion toujours soucieuse d'élégance, de sophistication, même. Julien, cardiologue, avait une clientèle importante, et les répétitions accaparaient Éléonore. Quelques jours avant la première, elle avait prié à déjeuner Tristan, Marie, Luc, et Julien, bien sûr, pour célébrer le début de sa nouvelle carrière. Tristan et Marie déclinèrent l'invitation, comblant ainsi la cantatrice restée seule avec les deux hommes qu'elle adorait ; ils lui dispensèrent cette tendresse galante qui n'embellit que les très jolies femmes. Ni le père ni l'amant ne semblaient songer à l'épreuve qu'elle affronterait bientôt : pour eux, il n'y avait là qu'une fête dont ils complimentèrent longuement la diva. Le repas fut très gai ; à la demande de Julien, Luc prit plaisir à raconter les frasques de sa fille en chanteuse des rues et montra une photo qu'il conservait dans son portefeuille ; après le café, Éléonore leur offrit d'excellentes places, puis se retira pour travailler jusqu'à la représentation.

Luc et Julien devaient s'y rendre ensemble. Peu friande de leur mondanité en fleurs, Marie préféra venir seule malgré l'inquiétude que lui inspirait Tristan, mais il lui avait demandé de ne pas se soucier de lui. Découvrir Éléonore dans son premier rôle lyrique touchait Marie, mais sans l'excitation du spectateur flatté d'applaudir l'artiste connue de lui. Retrouver l'impatience, la ferveur que l'Opéra suscitait toujours en elle lui était bien plus cher... Le plaisir du trajet, la surprise renouvelée du bâtiment illuminé, puis la scène, la musique et les voix ; tout ce qui contribue à créer cet espace d'illusion, alors, pour elle, plus authentique que le réel. Montant du métro vers la place de l'Opéra, Marie pensa soudain que la langue française, elle-même, prépare aux plaisirs du trompe-l'œil : n'est-ce pas inviter à la métaphore que confondre l'œuvre et la maison, à l'inverse de l'allemand dissociant l'*Oper* de l'*Operhaus* ? Il n'est pas non plus de verbe pour désigner l'union de la contemplation et de l'audition : on va à l'Opéra, on l'écoute, on le voit, en un flou linguistique séduisant l'imagination, comme si l'art lyrique excédait les forces du langage. Marie se réjouissait que ce *Lucia* ait lieu à Garnier. L'opéra Bastille, beau, élégant, lui semblait trop fonctionnel et géométrique. Une salle d'opéra devait, pour lui plaire, être bleue et or, comme à Londres, crème et or, comme à Milan, ou rouge et or, comme à Paris. La lumière, glissant en cascade des lustres et des appliques, fait rutiler les guirlandes de stuc et réveille les miroirs. Il s'agit moins d'éclairer l'immense vaisseau que de créer un monde nouveau. Elle aimait ce luxe dont les siècles ont patiné l'emphase, la poussière assoupli le brillant. L'Opéra Garnier n'a guère plus de cent ans ? Quelle importance, et qui se soucie encore des incendies des théâtres de la rue Lepelletier et de la rue Richelieu ? La magie de l'Opéra n'a pas d'âge ; seuls comptent et perdurent les colonnes, les marbres, les vasques sèches et les statues afin que l'Opéra renaisse, toujours semblable à ce qu'il fut. Le théâtre des Italiens est là, Mathilde de la Môle a pleuré d'amour dans cette loge, Stendhal était assis dans ce fauteuil, et les coulisses gémissent encore de l'agonie du duc de Berry.

Quand Charles Garnier avait dévoilé à l'impératrice Eugénie son bâtiment tout neuf, elle s'en était ébaudie :

« Ce n'est pas de l'antique, ce n'est pas du gothique ni du Louis XIV, mais enfin, monsieur, qu'est-ce que c'est ?

– Du Napoléon III », avait répondu l'architecte.

Un peu plus de cent ans après, le style n'est toujours pas vraiment défini, mais c'est l'Opéra, et cela suffit. Une maison étincelante, ventrue, polychrome, éclectique. Le temple du trompe-l'œil, massif et tarabiscoté. Une prodigieuse machine à rêver, déclarée d'utilité publique par l'empereur lui-même. Utiles, donc, les décrochements de marbre vert et rose du grand escalier, salutaire le hall monumental, nécessaires les marches de porphyre vers le vestibule circulaire.

Pendant que Marie contemplait le théâtre Garnier, il faisait encore jour, mais Paris allumait déjà ses réverbères dont la lumière se décolorait aux restes de clarté d'octobre. Il y avait l'affluence habituelle sur le parvis... Ceux qui attendent des amis, ceux qui veulent acheter des places, ceux qui souhaitent en vendre et s'entendent rarement. Derrière les portes vitrées toujours un peu grinçantes, la foule encombrait le vestibule et s'amassait devant les guichets. C'était une brillante soirée de première et de nombreux invités montaient déjà le grand escalier. Les robes longues et les smokings rappelaient le faste du second Empire, quand la haute société s'offrait à elle-même le spectacle de sa pompe avant de se fondre dans les ténèbres de la salle. Marie gagna rapidement son fauteuil pour jouir de l'attente ; elle n'avait jamais été aussi bien placée. Luc s'attardait dans les galeries, et Julien restait auprès d'Éléonore dans sa loge. Assise au second rang de l'orchestre, Marie écoutait la rumeur de l'Opéra...

Une moitié du bâtiment est offerte aux spectateurs, peuple qui déambule, pérore, et rejoint ses places avec tapage. Dans l'autre, s'affairent les habilleuses, les couturières, les perruquiers, les accessoiristes et tous les techniciens. Les musiciens arriveront les derniers, noblesse oblige. Le foyer est sûrement désert, les chanteurs n'y risquent pas la délicatesse de leur gorge. L'opacité rouge du rideau ne laisse passer ni son ni lueur, seulement une odeur de fards et de peau, de poussière et de parfum, fragrance de théâtre surchauffé.

Marie avait les yeux fermés et Julien la fit sursauter en s'asseyant à ses côtés. Éléonore l'avait reçu durant toute la séance de maquillage puis l'avait congédié. Ébloui, il lui raconta comment sa maîtresse s'était transformée sous ses yeux, changeant la Parisienne en fiancée de Lammermoor. Les cantatrices se maquillent lentement, sans que rien dans leurs gestes ne rappelle la coquetterie des mondaines. Celles-ci refusent un public à toutes ces touches de rose, de bleu, de blanc ou de noir faites pour masquer un défaut ou rehausser l'éclat. La chanteuse, elle, sculpte un visage nouveau. La scène sera profonde, l'éclairage violent et la salle immense. Si la bouche et les yeux ne sont pas dessinés ni la carnation réchauffée, la diva paraîtra blafarde et à peine ébauchée.

Julien s'était émerveillé devant le soin qu'avait mis Éléonore à nettoyer sa peau si fraîche ; elle avait étalé le fond de teint, chaque geste, lent, réfléchi, modifiait son aspect. Ce n'était certes pas la métamorphose qu'impose un rôle comme celui de Turandot : plus tard, Éléonore consacrerait deux heures à se transformer en impératrice de Chine. Julien avait pourtant vu éclore une femme nouvelle ; elle ne naquit pas seulement du pinceau large et doux qui modelait les pommettes, ou du trait cernant les paupières, mais de la transformation du regard. Durant la cérémonie du maquillage, la soprano rejoignait son héroïne, son premier grand rôle. À chaque trait, elle se quittait pour incarner Lucia avant de la chanter. Elle termina par ses lèvres avivées de carmin, cette bouche si petite qui ouvrirait les portes du chant.

Julien, un peu confus, avoua qu'il ne s'était jamais senti aussi intimidé devant une femme. Dans la loge, les pots de maquillage, les brosses et les crèmes, les senteurs des parfums, des laits de toilette et des fleurs alourdissaient l'air d'une féminité entêtante ; les télégrammes empilés sur une console avaient glissé sur la moquette, et quelques vêtements traînaient. Tout cela semblait être devenu indifférent à la cantatrice. Julien n'osa ni lui parler ni l'embrasser. Elle avait pénétré dans un autre temps, celui de la concentration et de l'attente, celui des comédiens et des chanteurs ; un temps qui ne coule pas, mais s'amenuise et rapproche de l'illusion dont il faudra rendre la vérité. C'est aussi le moment de l'urgence ; le régisseur avait fait sa première annonce. Julien avait alors baisé la paume des mains de son amie, puis avait rejoint sa sœur.

Au-dessus d'eux, seul dans la loge de côté surplombant l'orchestre, Tristan avait l'apparence incongrue d'une statuette placée par erreur dans l'immensité d'une niche ogivale.

La lumière baissa doucement. Marie aimait ce moment où le lustre ne brille plus que d'une faible luisance ; les veilleuses restent allumées, veloutant les ténèbres, tel un rappel d'enfance, quand la clarté bleutée d'une veilleuse, le soir, rassure l'angoisse précédant le sommeil. Les balcons, les baignoires, l'amphithéâtre, suspensions improbables dominant le parterre, font paraître les spectateurs légers ou aériens. La salle n'a plus d'importance. Tous les bruits se calment. Le premier violon a fini de donner le *la* et les musiciens cessent d'accorder leurs instruments. Quelques toux préventives, agaçantes, précèdent l'entrée du chef ; peu de spectateurs le voient, mais tous l'applaudissent ; c'est l'ouverture.

Celle de *Lucia* est décevante. La musique de Donizetti, un hommage à la mélodie, a besoin du chant. Le rideau ne dévoilait pas encore le décor. Dans les coulisses, la cantatrice endurait le plus grand trac de sa carrière. Elle n'avait pas de manie, pas de gri-gri avant d'entrer en scène, rien pour aider cet être hybride qu'est le comédien. Seule, elle aurait à guider Lucia qui l'emporterait à son tour en un échange constamment maîtrisé. Elle connut alors toute l'immensité de sa dette envers Tristan dont l'absence l'affolait. C'était la déroute brutale de la concentration, la transpiration glacée et l'anticipation affolée des catastrophes possibles : la voix chevrotante, incapable de tout ornement, trahie par un canard. Elle eut la tentation irrépressible du renoncement, de la fuite, qui déjà invente des prétextes en dépit du savoir de l'affrontement inévitable.

Calés dans le velours rouge, Julien et Luc attendaient, sans inquiétude aucune.

Enfin le rideau disparut lentement dans les cintres, et, avec la surprise du décor, le public retrouva l'étrange sensation de fraîcheur suscitée par le dévoilement de la scène : frisson de plaisir, ou courant d'air venu de ces forêts, rivages, villes ou palais chimériques.

En entendant le prélude et le chœur d'introduction, Éléonore s'apaisa, la musique l'enveloppait de l'atmosphère heureuse des dernières répétitions. Elle respira profondément, longuement, appliquant les conseils de Tristan qui furent ceux de Gina ; calmée, maîtresse de ses nerfs, elle devint cette héroïne opprimée par la haine, la politique et la violence, brisée par la morale et le désir. Après les chants virils, son apparition fragile fut saisissante. Vêtue de satin sombre, très mince, elle avait une indubitable présence scénique. En la voyant s'avancer sur le plateau, Marie pensa à la justesse de la langue espagnole pour laquelle on sort sur scène, au lieu d'y entrer, comme en français. Dans les coulisses, l'acteur demeure à l'abri dans un univers à sa mesure, mais il en sort pour s'exposer aux regards, à la compacité sombre d'une présence effrayante.

Sans faiblir, Éléonore commença sa cavatine en *sol* majeur, « *Ancor non giunse*, Il n'est pas encore là ». Lucia Ashton attend Edgardo, ennemi de sa famille, dans le jardin d'un cimetière auprès d'un puits dont, parfois, monte l'ombre sanglante d'une amante assassinée. La luminosité du chant de la soprano convainquit le public, séduit d'emblée par sa plastique et ses dons de comédienne. Tristan lui avait enseigné le respect d'une diction précise qui servait admirablement Donizetti. La pureté de son émission lancée sans attaque suggérait le courage et la vulnérabilité nécessaires à ce rôle. Éléonore chanta les plaintes de l'héroïne que son frère Enrico veut contraindre à un mariage politique pour restaurer la fortune familiale. Sa voix exprima l'infini d'une mélancolie ouverte au surnaturel ; d'une musicalité aérienne, la scène du puits s'acheva par des trilles suggérant déjà la folie à venir. Mais la suivante de Lucia, épouvantée, la conjure de renoncer à son amour : la voix de la soprano parut alors s'épanouir dans l'effusion d'une confidence amoureuse ; montant et descendant de longues gammes, elle sembla tracer le chemin vers le paradis. Éléonore éclaircit son timbre en un chatoiement vocal laissant deviner l'extension de sa tessiture, l'onctuosité et la brillance de sa voix. Enveloppée par la salle Garnier, la cantatrice connut un sentiment de plénitude absolue ; portée par l'orchestre, guidée par le chef, elle sentait le public l'entourer de sa faveur. Pour chanter la passion de Lucia, la vibration de son registre aigu sembla venir d'ailleurs, de ces confins de l'âme familiers à cette héroïne qui atteint la liberté dans la démence et la mort.

Edgardo rejoint enfin son amante ; pour elle, il est prêt à oublier l'impardonnable, le meurtre de son père et la ruine de sa famille par les Ashton. La voix du ténor était somptueuse, cuivrée, et d'une infinie sensibilité. Comme jadis Emma Bovary, Marie se surprit à vibrer à l'écoute de ce timbre, à s'énamourer à son vibrato ; elle accompagnait tous les mots du célèbre duo sans jamais connaître la déception venue du souvenir des concerts passés ou des enregistrements familiers : le ténor, ni léger, ni lourdement dramatique, avait un mordant lui permettant l'expression d'une passion et d'une fierté qui soudain fondaient en une tendresse bouleversante. Il déployait une fougue stimulante pour le chant d'Éléonore et leurs voix s'épousaient avec bonheur. Rassurée par son partenaire, Éléonore éprouvait une jouissance de peintre à jouer des couleurs de sa voix pour obtenir un rayonnement capable d'enluminer ce seul moment de bonheur de l'opéra. Hélas, Edgardo annonce à son amante son prochain départ pour la France ; tous deux échangent un gage d'amour et de fidélité avec une exaltation effaçant toute idée de convention. Durant le déchirement de cet adieu, la pulpe du timbre d'Éléonore bouleversa la salle entière.

Au-dessus d'eux, les mains crispées sur le rebord du balcon, Tristan était pâle. Soutenue par les musiciens, mariée au chant du ténor, la voix qu'il aimait tant déployait une splendeur qu'il n'avait jamais entendue en récital, en studio, ou durant les séances de travail. Libre de son emprise, mais nourrie à son art, elle s'échappait pour le laisser vide et lésé.

Le rideau tomba brièvement pour se relever sur la seconde partie, « Le contrat de mariage, *Il contratto nuziale* » ; cette formule si gaie chez Mozart ou Rossini est, chez Donizetti, lourde du crime et de la folie à venir. Le frère félon fait croire à la trahison d'Edgardo pour contraindre sa sœur à l'hymen, et le chapelain la convainc de la grandeur d'une oblation à sa famille. Le long martyre de Lucia commence alors, sollicitant toute l'énergie et le talent de l'interprète ; proie fragile d'intérêts militaires et virils, la fiancée de Lammermoor est acculée au sacrifice la menant à tuer l'époux qui la viole pour rejoindre son amant dans la folie et la mort. Éléonore acheva de persuader public et critiques de l'authenticité de son talent. Elle savait éclaircir son timbre en de longs aigus lancés en apesanteur, puis l'assombrir pour rejoindre la coloration nocturne du rôle. Comme les grandes interprètes de Donizetti dont elle chanterait si souvent les œuvres, elle écarta les voltiges inutiles pour donner à Lucia toute sa profondeur d'héroïne romantique.

Quand l'entracte ferma le rideau sous les acclamations, Marie leva les yeux vers la loge de Tristan, mais elle était vide ; mieux que des mots, sa fuite révélait la douleur de l'artiste spolié une seconde fois de la voix qui le faisait vivre. Jamais Tristan n'aurait supporté qu'on vînt le complimenter sur l'enseignement dispensé à son élève. La voix d'Éléonore était pour lui bien au-delà de la réussite d'un professeur ; elle était son œuvre, son double et son semblable mêlés jusqu'alors en une bienheureuse confusion, mais, ce soir, à lui arrachée en une fulguration de sa splendeur.

Luc applaudissait à tout rompre ; sa fierté eût été

attendrissante sans cette vanité si nécessaire à son amour paternel. Julien était bouleversé : en dépit de son peu de sensibilité à la musique, il avait perçu ce dont parleraient les critiques, l'engagement profond d'Éléonore dont le chant semblait exprimer l'être tout entier. Il ne se précipita pas comme Luc vers les coulisses. Recueilli, il s'émerveillait que cette femme qui lui avait découvert un univers inconnu, une profondeur insoupçonnée, soit la même que celle qu'il tiendrait cette nuit dans ses bras. Avec la même sincérité, elle jouerait alors un autre personnage, celui d'une amoureuse soucieuse de lui plaire, réclamant des compliments et des caresses, bizarrement impérieuse et timide. Quand ils seraient tous deux apaisés, viendrait le moment le plus cher à Julien, le sommeil d'Éléonore blottie contre lui : les yeux clos, son visage sans défense renfermerait tous ses rôles, un passé et un avenir dont il s'amuserait à rêver les couleurs, comme une couturière essaie des costumes ; elle reposerait, les joues lisses, tout à lui, faite à son corps, magnifique et sans énigme puisqu'il aimait en elle l'actrice, la fille aux cent récits, une lanterne venue colorer ses fantasmes.

Quand les autres spectateurs se furent écartés, Julien voulut emmener Marie voir la soprano. Le régisseur, posté à l'entrée de la porte à tambour, refoulait les admirateurs : la diva voulait rester seule. Étendue dans sa loge, elle s'appliquait à restaurer ses forces auprès de son habilleuse qui la pressait de boire et délaçait son costume. Elle n'avait pas prévu d'éconduire son père ou son amant, mais cette contrainte s'imposait, exigée par l'effort qu'il faudrait encore fournir. Éléonore conçut de la fierté de son propre refus, éprouvé telle une déclaration d'indépendance venue la grandir sans qu'elle ait dû la conquérir ; la conscience de son succès était par ailleurs si grande que, sûre de la fierté de Luc et de Julien, elle ne s'inquiéta pas de leur mécontentement.

Ils allèrent boire une coupe de champagne dans le grand foyer ; des tables y avaient été dressées, entourées d'absurdes petites chaises dorées. Avant de s'asseoir à côté de Julien et de Marie, Luc se mit en quête de Tristan ; il souhaitait le remercier en échangeant avec lui ces congratulations mondaines qui faisaient l'oxygène de sa vie. Déçu, il revint annoncer que le pianiste était aussi introuvable que le fantôme de l'Opéra dont il tenait beaucoup, selon lui : « Peut-être danse-t-il dans les cintres, sur les charpentes aériennes ou les grilles à claire-voie, à moins qu'il ne rôde dans les dessous, quinze mètres à hanter ! »

Puis il s'adressa à Julien :

« Méfiez-vous, cher ami, si tel est Tristan, ma fille a révélé la voix de Christine Daaé et vous êtes en danger ! Au second acte, sur qui tombera le lustre ? »

Cette ignorance des souffrances de Tristan était pénible à Marie qui intervint avec une brusquerie inaccoutumée :

« Pourquoi pas sur vous ? Quelle belle fin pour un diplomate ! »

Luc lui sourit distraitement et demanda si le lustre de l'Opéra s'était jamais vraiment écrasé sur le parterre. Marie lui répondit avec effort ; elle n'aimait pas la futilité de Luc, mais souffrait de l'indifférence qu'il lui témoignait :

« Non, un câble s'est rompu, autrefois, catapultant

un poids colossal qui a défoncé le plafond puis le plancher des cinquièmes loges tuant une spectatrice.

– Diable ! Quoi qu'il en soit vous me rassurez, je serai sauf. A-t-on su quelque chose de la victime ?

– C'était une concierge.

– Une concierge mélomane, comme c'est charmant ! Mais tuée dans sa loge, de la série noire tout au plus. Il est vrai qu'une loge au cinquième pour une concierge, c'est bien ambitieux ! »

Content de lui, pimpant dans son smoking, il alluma un cigarillo dont l'odeur fit fuir Marie. Elle détestait les entractes qui brisent la féerie et raniment le caquet des mondains. Le monde de l'opéra, veiné d'anachronismes et d'invraisemblances demeurait pour elle l'incarnation musicale d'une humanité vibrante. Qu'importe si la geisha se conduit comme une mamma napolitaine, si une écossaise parle italien ou si l'on clame *Silenzio* à réveiller les morts. À l'opéra renaissent les symboles, respirent les légendes et vibrent les mythes ventilés par la musique. Le Sinaï de Schönberg y rencontre la quête étrange de Barbe-Bleue ; au fond de la fontaine se désolent toujours les secrets épars de Mélisande aux longs cheveux.

Toute cette illusion, toute cette vérité, l'entracte vient toujours les dévaster, stimulant la faconde des critiques et l'éréthisme des fans de sirènes internationales.

La sonnerie retentit enfin. Marie avait déjà regagné sa place et Julien la rejoignit, retournant à son rêve de femme tourbillonnant dans une scène nouvelle.

Le spectacle reprenait… Marie vérifia la présence de Tristan, mais l'ombre lui dérobait l'expression de son visage. Le désordre de l'entracte avait rompu le charme de l'histoire, laissant à nu les conventions du mélodrame. Inquiète pour son ami, la jeune femme avait du mal à se laisser reprendre par l'envoûtement de l'opéra. Le décor évoquait un univers carcéral, entre Charcot et goulag : un entrelacs de grilles et de poutrelles métalliques hérissait la scène, transformant le château écossais en caserne. Dans cette mise en scène oublieuse des fantômes de Walter Scott, la fragilité de Lucia devenait saisissante, vouant plus sûrement sa passion à l'holocauste. Marie, gênée d'abord par la laideur de cet univers, en ressentit bientôt l'oppression qui, insensiblement, se mêla, puis se substitua à son inquiétude pour Tristan. Portés par la beauté des mélodies, les serments trahis, les furies homicides, les râles élégiaques et les plaintes amoureuses retrouvèrent vie et crédibilité par la magie des voix. La soprano, vêtue du blanc des mariées et des martyres, errait sur la plateau, étouffée par la sombre présence des hommes ; menacée, insultée, contrainte, elle chantait, dévoilant par la virtuosité de ses vocalises toute la complexité de son héroïne.

Marie jeta un dernier coup d'œil à Tristan soudain éclairé par un jeu de projecteurs ; le buste penché hors de sa loge, il se massait le cou en un geste familier à ses moments d'angoisse. Il exprimait ainsi son besoin et sa frustration du chant, le tourment de sa gorge asséchée. « J'éprouve la fêlure », avait-il un jour dit à Marie, surprise à épier ce mouvement de sa main. Il lui avait ensuite parlé de la colonne d'air des chanteurs. Elle ne doit être ni trop dense, ni faible, mais lisse comme le marbre et résistante tel le tube d'un orgue. La beauté de l'image lui fit comprendre toute la sensualité et l'idéalité du chant. La colonne, venue du fond du corps qui la féconde, reçoit son souffle de la poitrine, puis vient à la tête et porte aux nues. Ce soir-là, les chanteurs assemblés sur la scène, unissant leurs voix, lui parurent comparables à une salle hypostyle mouvante et résonnante.

Le chœur et les solistes, ténors, barytons et basses, entourent la soprano comme les spectateurs d'une arène guettent la chute de la victime. L'héroïne, soutenue par sa suivante et le prêtre, pressée par son frère et le fiancé qu'on lui destine, tremble tellement qu'elle ne peut signer le contrat de mariage :

Je marche au sacrifice !

Quand elle y parvient enfin, Edgardo apparaît, croit son amie perfide et lui rend son anneau. Pour Lucia, alors, tous les hommes deviennent ses bourreaux. On la conduit au lit. La joie virile éclate au festin de noces bientôt gâché par un cri du chapelain ; dans la chambre nuptiale, il a trouvé Arturo poignardé et Lucia tenant encore le couteau... C'est alors le grand air de la folie.

Éléonore, sa robe blanche tachée de sang, s'avança, la démarche incertaine, quelque chose d'intermédiaire entre l'envol et la crainte. Le son d'une flûte soutenait chacun de ses pas, cernait chaque note, épousant des escalades vocales vertigineuses. Douceur de cette flûte dont l'adagio préserve Lucia de l'horreur de la conscience, l'enserre dans la folie et la conduit vers l'image de son amour. Éléonore chanta la cantilène hallucinée de Donizetti :

Oh ! Que je suis heureuse ! Edgardo !
Oh joie ineffable !
On brûle de l'encens…
Les cierges sont allumés ! (…)
Enfin, je suis à toi, enfin tu es à moi !
Dieu te donne à moi.

La voix d'Éléonore, pure et pleine, s'illuminait d'une intense musicalité ; élégiaque, elle pouvait s'enfler ou s'effiler sans jamais perdre le souffle. Elle rayonnait, et tous se taisaient, comme se taisent les hommes à l'opéra quand l'héroïne chante son ultime mélodie avant de mourir.

Mais revient la cavatine du premier acte, celle que murmure Lucia dans les bras de son amant ; le souvenir se rapproche, et Lucia croit voir Edgardo piétiner son anneau. Éléonore voila son timbre, puis, dans un spasme de douleur et de passion, découvrit quelques aigus violents égrenés en vocalises.

Ah non, ne pars pas, Edgardo.
Je veux mourir près de toi.

La mousseline blanche glissant sur ses épaules, Éléonore errait sur la scène chantant ses dernières notes avant le silence et la mort.

Le suicide d'Edgardo achève l'opéra.

La salle n'attendit pas même que se taise l'orchestre pour hurler son enthousiasme. Tristan avait déjà disparu : il avait fui avant l'aria du ténor et n'assista pas au triomphe particulièrement dédié à la jeune diva.

Le succès était déjà familier à Éléonore, mais elle avait enfin découvert ces moments ineffables qui, tout travail ou effort dépassés, mènent au naturel de l'art. Les ovations la rendirent au monde, la rappelèrent à l'allégresse d'être admirée par tout un théâtre. Elle avait espéré cette victoire, imaginé ces acclamations, mais sans prévoir une telle griserie. La jubilation l'habitait, faisant palpiter de joie son corps entier, tandis qu'elle se livrait au ballet convenu des révérences.

La fin d'un opéra est toujours étrange. À la musique succède le vacarme infernal des applaudissements, hurlements et piétinements. Le public a grand plaisir à voir revenir les chanteurs, à nouveau vedettes habiles à doser leurs courbettes. L'enthousiasme n'exclut pas les comptes, et les spectateurs mesurent leurs hommages à l'aune du plaisir obtenu. Enfin il y a la cérémonie des saluts séparés ou en groupe, devant ou derrière le rideau, protocole complexe servant un code chatouilleux.

Marie n'avait jamais vu les chanteurs d'aussi près. Le teint pâli, la sueur luisant sur le maquillage, ils avaient déjà quitté leur rôle et allaient partir avec leur voix, leur vie. Elle se sentait rejetée comme on l'est sur un quai de gare quand le train part, avec ce goût de voyage si fade à celui qui reste.

Julien et Luc s'étaient précipités pour rejoindre Éléonore. Le souci de Tristan empêcha Marie de les accompagner. Elle resta à regarder la salle se vider lentement dans la bousculade, en un désordre déplaisant comme des nappes froissées sur des tables après le départ des invités.

Les spectateurs commentaient. Heureux qui a repéré la note tremblée, le grave poitriné. Le Français mélomane est critique pour paraître spirituel, l'Italien l'est par passion. Enfin le silence retomba sur les velours rouges et l'or fané. Marie ne put retrouver Tristan. Dehors il faisait froid. Elle se hâta vers son appartement, sa chambre et son lit pour entendre à nouveau les chants refluer à sa mémoire avant le sommeil.

Le lendemain et les jours suivants, elle tenta vainement de joindre son ami par téléphone. Éléonore avait reçu un mot laconique lui souhaitant toujours la même chance et un semblable succès. Sans en avoir prévenu personne, Tristan enregistrait alors le trio pour piano, violon et violoncelle de Ravel et vivait à l'hôtel à côté du studio. Peu après l'engagement d'Éléonore pour *Lucia di Lammermoor*, il avait accepté de faire de la musique de chambre. Voulait-il s'abstraire de la voix de la soprano, se prouver son propre talent, ou se venger du chant qui l'avait trahi ? Il n'en parla jamais. Durant les répétitions et l'enregistrement, il vécut immergé dans Ravel.

Le choc, pour être prévisible, avait été trop rude. Au début de l'opéra, avant l'apparition d'Éléonore, son calme l'avait étonné lui-même. Il jouissait d'une perception sensorielle étonnante, entendant, outre la musique, tous les menus bruits de la salle ; les odeurs lui étaient présentes, et le velours rêche de la rampe lui agaçait le bout des doigts. En cet état de disponibilité absolue, d'attention exacerbée, il s'étonnait de ne pas souffrir. L'angoisse devait être là, pourtant, mais, tandis qu'Éléonore attaquait la cavatine, il se sentait clair et froid comme un paysage lunaire. La souffrance qui l'habitait depuis quelques mois, au point de devenir une sensation physique contraignante, s'était dissipée. Il n'avait plus à la ménager, comme un malade qui évite les gestes réveillant sa douleur. Tristan écoutait, satisfait de l'excellence de son élève ; il devait toutefois développer un effort croissant pour maintenir son attention. Il tenta plus tard de faire entendre à Marie cet étrange état d'une angoisse présente, menaçante, mais encore ignorée. Elle ne comprit pas jusqu'à ce que son récit lui rappelle une petite fille dont elle avait jadis involontairement écrasé les doigts dans la charnière d'une porte de square. L'enfant n'avait pas crié. C'est en sentant la résistance à la fermeture que Marie avait vu le bout de la main pincé. La petite la regardait, incrédule, les yeux écarquillés, la bouche ouverte sans un mot, comme si le silence allait effacer l'acte et le mal. C'est seulement quand, épouvantée, Marie la délivra, qu'elle pleura enfin, rendue à la douleur et à elle-même. Tristan s'était conduit comme elle. Au seuil de la souffrance, il avait pris du temps pour accepter l'insupportable. Les grandes détresses comme les joies intenses sont intimidantes. On a souvent besoin d'une halte avant de s'y exposer. Rares sont ceux qui s'y livrent d'un seul coup comme on se jette du haut d'un plongeoir dans l'eau bleue d'une piscine.

Marie avait gardé le souvenir de la pâleur du pianiste oublié dans sa loge, et comprenait : il faut un peu de répit entre l'instant du calme et celui de la souffrance, un entre-deux-temps, une trouée dans la durée. Tristan avait fait provision de souffle avant la suffocation. Le duo d'Éléonore et du ténor lui sembla tolérable. L'angoisse, cependant, montait insensiblement comme l'eau dans un bac à fleurs. Le voyant n'indique pas tout de suite le niveau du liquide dans le réservoir ; il faut remplir le fond du pot pour voir enfin s'élever l'eau rapidement.

Tristan dit avoir cru à son illusoire sérénité jusqu'à l'adieu de la soprano au ténor qui dénonça l'incongruité du calme ressenti. Le décor, les couleurs, la scène, tout ce dont il possédait une perception si fine jusqu'alors, lui devint étranger. L'angoisse le détachait du monde, lui en ôtait l'usage, le repoussait, acculé à n'être plus rien que la conscience de sa propre déroute. C'était une sensation qu'il connaissait bien, rencontrée pour la première fois à quinze ans dans sa chambre, ce terrible jour de la résiliation de son dernier contrat. Une main froide qui étreint le cœur, coupe le souffle et étrangle le cri.

Durant l'entracte, il eut le courage de ne pas partir ; une impression d'épuisement physique l'en détournait aussi. Et puis il avait besoin d'évaluer une passion dont il s'était caché l'ampleur. Il n'avait jamais pensé n'être qu'un professeur captivé par une élève surdouée, mais les sentiments que lui avait jadis prodigués Mme Moréno l'avaient rassuré, apprivoisant ses propres excès. En outre, il n'avait pas eu envie d'interroger son culte gémellaire et enfiévré pour la voix de soprano. Peut-on être amoureux d'une voix ? Cela semble si ridicule ! On conçoit, pourtant, qu'un esthète s'éprenne d'un tableau et lui voue tout son émoi, au point de ne pouvoir supporter qu'un autre le contemple. C'est une folie, peut-être, mais non de la démence. La seconde égare, perd le sens de celui qu'elle soumet.

À travers ces aveux de Tristan, Marie comprit qu'il n'avait jamais éprouvé d'accord plus intense avec sa personnalité profonde qu'à l'écoute du chant d'Éléonore. Pendant toutes ces années, il avait vécu comme un ascète, dévoué non à l'extase religieuse, mais aux transports de son imagination ; retiré des plaisirs, tel un mystique sans Dieu, il s'était adonné à une voix qui n'était pas la sienne.

La reprise de l'opéra le surprit. Il resta jusqu'à l'air de la folie, comme ces blessés qui ne peuvent s'empêcher de tourmenter leur plaie. La musique ne lui parvenait plus qu'à travers les battements accélérés de son cœur. La sensation d'étouffement avait cessé et la panique l'acculait. L'angoisse claire, nette, originelle s'était déclarée.

Il s'enfuit comme on court absurdement sous les bombes en temps de guerre. Chez lui, il consentit aux drogues qui ouatinent l'angoisse, en coupent les crêtes jusqu'à l'abandon au sommeil.

Vingt-quatre heures plus tard, il quittait son appartement pour l'hôtel et la noyade dans Ravel.

Madame, allez-vous donc mourir ?
(...)
J'attends une chose inconnue
Ou peut-être, ignorant le mystère et vos cris,
Jetez-vous les sanglots suprêmes et meurtris
D'une enfance sentant parmi les rêveries
Se séparer enfin ses froides pierreries.

Mallarmé, « Hérodiade »

Chapitre 5

« Mon cher enfant,

« Je suis au désespoir de ne pouvoir assister à la première de *Lucia*. Un problème de santé me retient à Nice pour des soins médicaux. Je souffre de vertiges liés à un trouble de l'oreille interne. Bien sûr je serai près de toi par la pensée et par le cœur.

« Savoir que tu vas enregistrer le trio de Ravel m'est un réel bonheur ; je te garde le secret. Comme une vieille égoïste, je regrette seulement de devoir tant attendre pour te revoir. Viens donc te reposer près de moi quand tu auras fini.

« À bientôt mon Tristan, et embrasse Marie pour moi quand tu la verras. Je vous attends tous deux avec la même affection,

Gina »

Cette lettre, reçue quelques jours avant le spectacle, n'avait pas inquiété ni même déçu Tristan, ou superficiellement. La tension nerveuse était alors trop forte pour qu'il soit réceptif à une détresse extérieure à sa propre angoisse. Il ne recherchait que la solitude et mit du temps à surmonter l'épreuve de *Lucia*.

Quelque temps avant la première de l'opéra, il avait commencé sans enthousiasme la répétition du trio de Ravel. Il avait un peu honte d'avoir ainsi prévu la gestion de sa détresse, cela lui semblait mesquin comme l'intrusion de la casuistique dans la passion. Mais, ensuite, les difficultés de la partition, la beauté de l'œuvre, la recherche avec les deux autres instrumentistes l'avaient livré à une bienheureuse ivresse de travail. Il ne chercha pas à connaître ses partenaires qui, impressionnés par sa réserve, respectèrent son besoin de solitude. Il logeait et prenait ses repas dans un hôtel près des studios, diluant dans ce décor maussade tout ce qui échappait à la musique. Aucun courrier ni appel téléphonique ne lui parvenaient. Il ressemblait à ces voyageurs sans passeport retenus dans les zones de transit des aéroports. Jusqu'à ce que l'on décide de leur sort, ils demeurent parfois longtemps dans ces salles sans patrie, en retrait du monde, sur un sol qui se refuse à leur accueil. Ils vivent, mangent et dorment dans un néant de lieu, un vide de temps, une pure attente.

La chambre anonyme, la table banale, les gestes identiques tenaient ce rôle. Dans son lit d'hôtel, où tant de corps avaient dormi, il trouvait un sommeil lourd, telle une fosse où se perdent les souvenirs, les regrets, le souci même de l'avenir. Tristan parvenait à travailler remarquablement bien, avec une concentration qui le maintenait au-dessus de la souffrance. Connaissant l'œuvre par cœur, dominant tous les écueils techniques, Tristan jouait dans une sorte de brouillard, insufflant une constante poésie à son interprétation. Stimulés par l'étrange tension de ce pianiste taciturne, inspiré, semblait-il, les deux autres instrumentistes communièrent dans l'envoûtement de Ravel, s'interdisant, eux aussi, toute distraction. Le résultat fut étonnant ; l'enregistrement alla vite, et, pour le final, Tristan, hors de lui, emporta les cordes dans une somptuosité orchestrale.

Quand tout fut terminé, il ne s'attarda pas à fêter le succès ; cette courte période de sa vie, ce disque magnifique, n'étaient pour lui qu'un ermitage, un abri contre la douleur. Il avait fui les répétitions de l'opéra, trahi le chant afin d'oublier que la voix adorée l'abandonnait pour s'embraser sans lui. La musique de chambre ne fut ni un salut, ni une guérison dont il ne voulait pas, mais un répit, une évasion dont il ne tira jamais fierté. Il régla sa note d'hôtel et rentra chez lui. Alors, seulement, l'écho des mots de Gina lui revint en mémoire. Elle avait toujours minimisé ses maux physiques. C'était un appel.

La concierge remit à Tristan son courrier avec une seconde lettre de Mme Moréno. Elle disait avoir subi une intervention chirurgicale et s'avouait fatiguée. Sur le répondeur, un message de Marie annonçait son départ pour Nice la nuit même et proposait à Tristan de l'accompagner. Ils se téléphonèrent. Elle non plus n'avait pas assisté Gina à l'hôpital ou à la clinique.

Ils partirent avant l'aube et roulèrent sans rien dire, à la fois proches et lointains. L'amitié est comparable à un palimpseste aux lettres si vite pâlies qu'il faut souvent en repasser les traits. L'anxiété rapprochait Tristan et Marie, mais, depuis *Lucia*, ils ignoraient tout de leur vie mutuelle ; peu expansifs, ils craignaient l'impudeur des confidences au risque de se perdre, de cœur et de parole.

Marie conduisait mal. Elle eût aimé écouter de la musique pour se détendre, mais n'osait l'imposer à Tristan. Il mit lui-même son enregistrement du trio de Ravel dans le lecteur de disques, expliquant ainsi, sans mot dire, les raisons de sa longue absence. Marie, elle, garda le silence.

Ils n'eurent pas même le plaisir du lever du soleil. Ce fut une aube triste, une éclaircie sans couleur délavant l'horizon. L'autoroute était aussi interminable que ce matin gris, lent à venir, humide de toute la froidure malsaine du ciel terne.

Ils voyagèrent sans arrêt, se relayant au volant. Dès neuf heures, Marie commença à téléphoner régulièrement à sa tante. C'était un besoin naïf de racheter plus vite sa négligence, mais aussi de rassurer la vieille dame toujours effrayée par les accidents de la route. Tristan jugeait cela ridicule, ils s'exposaient à bien d'autres dangers sans que Gina le sût. Mais l'inquiétude comme l'amour s'émeuvent davantage à l'éveil de l'imagination, répliquait Marie : pouvoir se représenter l'absent rend la séparation plus alarmante, la distance plus pénible.

Ils mangèrent des sandwichs en chemin, Mme Moréno les attendait pour le café. L'arrivée fut lugubre. Nice, faite pour le soleil, donnait une impression navrante d'hors saison. La Promenade des Anglais était déserte, languide sous un ciel morne à moitié dissout dans la mer. On n'entendait que le raclement des galets brassés par le ressac. De la ville éraflée par la pluie ne subsistait que l'ossature, un décor dépouillé, élémentaire.

Ils n'avaient pas vu Gina depuis cinq mois. Accourue au-devant d'eux, elle tentait de dissimuler son amaigrissement par un empressement excessif. Mais une simple phrase détruisit la gêne qui pesait entre eux : « Merci de ne pas me dire que j'ai bonne mine ! »

Ils aimaient retrouver à Nice le mobilier de leur enfance à la Butte-aux-Cailles : les mêmes fauteuils de cuir griffés par les chats, le secrétaire Louis XVI, la grande bibliothèque, le piano, la table à thé, l'horloge comtoise et le vieux tapis d'Aubusson aux couleurs passées. Du café les attendait dans le fumoir. Nul n'y fumait, mais le bureau de son père portait jadis ce nom que Gina avait conservé.

Tristan et Marie ne savaient comment expliquer leur négligence, et eux-mêmes ne l'admettaient plus clairement. Il eût fallu raconter, expliquer, quand ils souhaitaient être disculpés, rassurés.

Gina, craignant les questions et peut-être l'annonce d'une visite trop courte, recourut avec prolixité aux détails pratiques. Elle s'était installée en bas, dans la salle à manger, pour faciliter la tâche de l'infirmière qui venait deux fois par jour, le fumoir servirait de pièce commune. Tristan l'interrompit, brisant une tension devenue étouffante :

« Madame, qu'avez-vous ? »

Gina les fixa longtemps de ce regard des malades qui cherchent et redoutent de voir chez les autres la confirmation de leur propre détresse.

Elle avait un cancer de l'oreille. La tumeur, logée contre la dure-mère, s'était développée rapidement. Un oto-rhino l'avait retirée, mais Gina avait récusé l'assistance d'un neurochirurgien. Son intervention eût alors augmenté l'espoir de guérison mais aurait provoqué une hémiplégie et, peut-être, d'autres troubles plus graves. La vieille dame s'était refusée vaillamment à mourir en plusieurs fois, mais, depuis, les métastases se multipliaient.

Dans ce salon qui avait ouaté de bien-être leur enfance, le chagrin suffoquait Tristan et Marie. Depuis que Gina avait commencé à parler ils tentaient de se défendre contre la vérité qui cheminait lentement le long des mots. Sa voix leur parvenait de loin comme si, réfugiés, resserrés au centre de leur conscience, toute perception devait franchir l'épaisseur de leur refus. Mais ils durent entendre que la vieille dame n'en avait plus que pour deux à six mois selon la résistance du cœur. Elle souffrait peu, des élancements intolérables, parfois, étaient calmés par la morphine. À la fin, l'hôpital serait inévitable.

Tristan et Marie se regardèrent sans bouger, se défiant de tout geste dont la tendresse eût provoqué les larmes. Tristan n'avait signé aucun engagement, et la rupture avec Éléonore le laissait libre. Marie, qui avait pris une année sabbatique pour finir son doctorat, assurait un travail d'enseignement par correspondance effectuable à Nice. En un coup d'œil ils se comprirent, Gina ne quitterait pas sa maison et ne souffrirait pas. Il y eut un long silence entre ces êtres qui savaient se taire ensemble, puis la vieille dame accepta. Au fond de ses yeux demeurait une mélancolie nervée de sagacité comme si un étrange savoir l'avait gagnée, mais une paix nouvelle, presque de la joie, s'y lisait aussi.

Il fallut aménager la vie en commun et distribuer les tâches. Ils s'organisèrent pour les courses, les repas, et prirent connaissance du registre où l'infirmière notait ses soins.

« Il n'y a vraiment que les chats ! »

Gina éclata de rire.

« Vous avez un crédit illimité pour les litières, l'eau de Javel et le papier d'Arménie ! Mon peu de sensibilité au bouquet d'un grand vin m'a rendu mon odorat suspect depuis longtemps ; mes chats doivent sentir mauvais mais je ne voulais pas le reconnaître. »

La première semaine rendit à la malade une gaieté que Tristan et Marie comprenaient mal. Elle avait eu peur de mourir seule à l'hôpital et la gestion de sa vie l'effrayait. Entourée, désormais, déchargée de tout souci et fatigue, elle vivait chaque instant, s'émerveillait du soleil, du soyeux du pelage de ses chats, de la précarité des fleurs et de l'amour de ses enfants d'élection. Pour la première fois elle n'avait rien à faire, à décider ou à choisir, et cet état, débilitant pour une âme faible, lui était rédemption. Le temps n'était plus, comme avant, une tension de chaque instant vers le suivant, mais une pure dotation de lui-même. La vie qui lui restait devenait un cadeau puisqu'elle n'avait plus à en diriger le cours mais à le savourer. Seul son besoin de sommeil la désolait : « Je suis si heureuse que je ne voudrais pas perdre une minute », répétait-elle, impressionnant ses deux gardes-malades. Ils n'essayaient pas de lui inventer de faux espoirs ; elle n'eût jamais consenti aux pieux mensonges que leurs proches dispensent aux mourants ; le malade croit, puis feint de croire à la consolation avec une confiance qui se dérobe en se donnant ; son entourage peut alors le fuir sans remords et sortir à la vie ; mais quand les leurres ne bercent plus personne, il est trop tard pour apprivoiser la mort.

Tandis que Gina reposait, après le déjeuner, ou en fin d'après-midi, Tristan et Marie se retiraient au fumoir, aimant l'heure dite entre chien et loup. La maison s'enfonçait douillettement dans la pénombre éclairée seulement par le feu de bois. Le grésillement de la résine brûlée, le sifflement qu'émet une bûche encore humide quand la flamme pénètre sous l'écorce approfondissaient le silence de la maison. Il leur semblait alors être sur un îlot de temps et d'espace cerné par une houle citadine. Un soir, après une journée calme, Tristan apporta à Marie une tasse de leur tisane favorite et, lui entourant les épaules, osa enfin demander :

« Où étais-tu cet été pendant que j'enregistrais ? »

Marie regarda longtemps les flammes, et se décida :

« En Italie, puis, après *Lucia*, dans l'Aveyron. J'attendais David. C'est une banale histoire d'amour, je ne suis pas une héroïne d'opéra, moi ! »

Elle éclata en sanglots ; Tristan, la serrant contre lui, la berça doucement.

« Que c'est bon de pleurer dans tes bras !

– Même si ce n'est pas un mot d'amour, c'est le plus beau qu'on m'ait dit. Allez, raconte-moi. »

Marie resta encore quelques instants blottie contre

Tristan, rassemblant ses forces pour partager son secret. Enfin elle se redressa, se moucha et, avec un sourire d'excuse un peu triste, commença son récit d'un air décidé qui attendrit son vieil ami.

« Tout a commencé au jardin du Luxembourg. J'étais assise sur un banc avec une amie, Céline, et nous parlions du coup de foudre ; c'est un chapitre de mon doctorat sur la passion...

– Pitié, Marie, pas de cours !

– Pardon ! J'aimerais pourtant que le coup de foudre existe vraiment, comme un miracle. L'analyse le démystifie... Finalement, la philosophie est triste.

– Ça me fait plaisir que tu le reconnaisses !

– Oh, ça va ! Je n'ai jamais nié que la philosophie fût l'expression cérébrale d'un mal-vivre ou sa compensation. Je la définis même en ces termes à mes élèves ! Tu la veux, mon histoire ?

– C'est toi qui philosophes au lieu de parler de tes amours !

– Nous nous amusions avec le mythe des androgynes quand David est arrivé. Je l'avais déjà rencontré à des soirées. Assis par terre, il est resté avec nous, puis avec moi quand Céline est partie. Tout vient de ce mythe grec. Ce n'est pas de la philosophie, ça fait partie de l'aventure ! Tu t'en souviens ?

– Pas assez bien...

– Bon, alors écoute. À l'origine, les hommes étaient ronds comme des boules avec quatre bras, quatre jambes et une tête sphérique à deux visages. Ils étaient heureux et rien ne leur manquait. Ivres de puissance, ils décidèrent de monter à l'assaut de l'Olympe. Zeus arrêta leur offensive en les coupant en deux parts égales. Chaque homme tronqué s'accrocha désespérément à sa moitié, recherchant l'unité perdue, et tous mouraient de consomption. Le dieu des dieux chargea alors Héphaïstos, le forgeron, de réaliser une imitation de l'ancienne perfection. Il retourna les parties génitales du côté du visage, ficela la peau et la ligatura au niveau du nombril, ainsi les moitiés pouvaient-elles s'unir charnellement. La sexualité fut inventée pour pallier l'infini désir de possession et de connaissance de l'autre. La procréation suivit et les moitiés féminines enfantèrent d'autres demi-sphères.

« On peut imaginer que la multiplication des moitiés par les naissances explique les amours malheureuses : va donc reconnaître ta moitié dans cette humanité dont les sphères mutilées se comptent par millions !

« David, qui avait dû écouter mon histoire, est apparu à sa fin. Nous avons bavardé vaguement jusqu'au départ de Céline. Il avait l'air de vouloir rester seul avec moi et la pauvre s'est sentie obligée de partir... David a repris l'histoire des androgynes, s'étonnant de mon ignorance de la suite.

– Il y en a une ?

– Non, évidemment, ou plutôt si, la sienne. Je crois être tombée amoureuse de lui pendant qu'il parlait... »

Le visage de Marie ressemblait à un paysage après la pluie ; souriant au passé retrouvé, elle se glissa dans le récit de David avec l'aisance due à ses multiples répétitions et enjolivements de fille amoureuse.

« Tous les dieux étaient morts et Zeus avec eux, d'ennui, sans doute. Un Dieu unique rayonnait sur un monde de moins en moins gai. Les êtres humains se sentaient le cœur aussi lourd que la terre qu'ils bêchaient. C'était après le Déluge. Les hommes et les femmes de la génération de Noé étaient beaucoup plus forts que nous ne le sommes aujourd'hui, mais si peu nombreux que chacun pouvait encore reconnaître sa moitié. La puissance de l'amour leur insuffla l'audace de construire une tour immense, à Babel, pour rejoindre le séjour des anges et des séraphins. Côte à côte, les amants assemblèrent les briques avec le bitume ; ils travaillaient vite, et Dieu vit la tour qui montait jusqu'à lui. Pour la deuxième fois, l'humanité menaçait la divinité. Zeus avait promis de recouper les hommes en deux s'ils s'obstinaient à le braver, les transformant en un gigantesque jeu de quilles. Dieu, Lui, leur envoya la pluralité des langues. Peux-tu l'imaginer ? Les enfants de Noé étaient du même peuple et les amants parlaient un semblable langage. Brusquement un homme dit « je t'aime » en hébreu et sa moitié lui répondit « je t'aime » en grec ou en chinois. Les amants ne comprenaient plus les mots passionnés murmurés dans toutes les langues du monde. Le châtiment était plus terrible que la mutilation des corps ! L'amour a tant besoin de parler pour se confier, se rassurer… L'incommunicabilité fissura les couples et les éclata comme châtaignes en hiver. Divisés, les hommes et les femmes se dispersèrent pour peupler la planète d'amants déçus.

« Quelques-uns, pourtant, restèrent serrés l'un contre l'autre en silence, courbés sous la colère divine. Sans doute s'aimaient-ils tant qu'ils n'avaient plus besoin de se le dire ; leurs regards se comprenaient et apprenaient à leur langue un nouveau discours amoureux.

« Dieu voulut les séparer et lâcha sur eux son souffle, son *rua'h*. Pour résister, les amants s'enlacèrent, et, debout, sur la pointe de leurs pieds, se mirent à tourner comme des toupies au vent divin. Ce fut la première valse, rythmée par le chant de la colère de Dieu sifflant au travers des fenêtres de la tour. Les couples tournoyèrent jusqu'en bas, dans la plaine de Sennaar, et la poussière soulevée par la danse les enveloppa d'un nuage mordoré. Dieu s'adoucit devant tant d'amour et diminua la puissance de son haleine jusqu'à ce que les danseurs s'affaissent doucement sur le sol, les membres mêlés.

« David se tut, alors, et me regarda si tendrement, si gaiement, que j'ai cru que j'allais tomber, moi aussi… »

Tristan avait oublié de remettre une bûche dans la cheminée. Seule l'incandescence des braises feutrait l'obscurité, il alluma une lampe. La clarté jaune ranima le visage de Marie aux yeux trop brillants. Indifférente à l'obscurité ou à la lumière, elle continuait son récit.

Ils s'étaient promenés dans le Luxembourg. Près du théâtre Guignol, sur une allée sableuse, David avait enlacé Marie pour l'entraîner dans une valse qu'elle ne savait pas plus danser que lui ; des enfants les avaient entourés, scandant : « Oh ! les amoureux, oh ! les amoureux… » Honteux, amusés, aussi, ils avaient repris dignement leur flânerie. Le soir, ils s'étaient rendus à la fête de Senlis dont les habitants avaient illuminé les hôtels et fleuri les cours et ruelles ; ils voulaient y dîner, mais la foule des visiteurs les fit quitter la petite ville pour une promenade dans la forêt qui l'enserre ; la nuit y était si sombre qu'ils ne se virent même pas en s'embrassant.

« Aujourd'hui encore, dit Marie, quand je pense à David, je sens les contours de son visage sous mes mains et la chaleur de sa peau, comme dans ce bois sans lune où nous nous apprenions à tâtons. Nous mourions de faim ; pas loin de Senlis, dans un village, il y avait une fête en plein air qui sentait les gaufres avec un orchestre de quatre sous aussi joyeux que nous ; nous avons dîné sur des bancs de bois à l'abri d'une tente, puis guinché sous les lampions. Un mois plus tard, David s'est installé chez moi.

– Toi, Marie, si vite ?

– Je sais, ça m'étonne encore, moi aussi. En fait, ça n'a pas duré. David est bizarre, infiniment gentil, mais rétif à toute obligation sociale. Il peut parler sans arrêt, comme ce premier jour, ou sombrer dans le mutisme pendant des heures. Il me reprochait ma propension à l'analyse. Au début, pourtant, c'était formidable, nous avons même essayé toute la panoplie du kitsch amoureux. À Noël, nous sommes allés à Venise. Tristan, c'est vraiment une ville de légende, on ne la découvre pas, on la reconnaît, déjà présente dans l'imagination. David et moi adorions nous perdre dans les coulisses de cette scène gigantesque. Derrière les fastes de la place Saint-Marc, un entrelacs de ruelles étroites, lépreuses, parfois, mène à des places, des églises, des quais sans touristes. C'est le vrai visage de Venise, son intimité chaude, clapotante, un peu louche aussi, puante, mais somptueuse, toujours. Nous y avons été si heureux.

– Pourquoi ne m'as-tu jamais présenté David ? Tu le connaissais bien avant *Lucia*, pourtant. Pourquoi l'as-tu caché comme cela ?

– Je ne sais pas, j'attendais. Les collusions entre les différents pans de ma vie me font peur. J'ai craint que vous n'alliez pas ensemble. En maintenant mes amis séparés, je me ménage des refuges. Tu le sais bien, je n'ai jamais organisé de grandes réunions ; les crémaillères, les réveillons, les anniversaires me rendent triste, c'est beau mais je n'y ai pas ma place, je m'y sens toujours en trop. David, lui, est partout chez lui avec cette présence compacte ou folâtre selon son humeur, c'est ce qui m'a tant attirée… Je n'ai aucune prise sur lui. Il ne cherche jamais à savoir ce que pensent les autres… Ce n'est pas de l'égoïsme, d'ailleurs, mais une sorte de protection inconsciente… et terriblement efficace ! Il lit peu, l'opéra le fait rire, il aime la peinture avec intransigeance et sans jamais consentir à s'expliquer. Je me sentais souvent chassée de l'esprit de cet homme qui m'aimait sans s'inquiéter de moi. Sportif, il m'emmenait à ses matchs et vérifiait comme un gosse si je l'admirais. J'étais consternée de le voir hurler, transpirer et se bagarrer en courant après un ballon idiot. Avec ses copains, ce n'était plus le garçon du mythe farfelu de Babel, il paraissait n'avoir jamais quitté la camaraderie brutale des vestiaires masculins.

– Quel est son métier ?

– Journaliste, il s'occupe d'une radio locale. Nos horaires étaient si différents qu'il me laissait souvent seule, mais son absence ne me pesait pas ; maintenant il me manque horriblement. Comme Garance, dans *Les Enfants du paradis*, il aurait pu dire : "C'est si simple, l'amour." Il m'accusait d'être incapable d'oubli, d'abandon et d'insouciance.

– Il avait raison, non ?

– Oui, mais tu sais, la simplicité, finalement, ça ne veut rien dire, ce n'est que le refus de la complexité des autres. David déclarait simple ce qu'il voulait voir tel. Une fois nous sommes allés à Perpignan pour son travail. Nous devions passer deux nuits à l'hôtel ; c'était en août, mais il faisait froid et la piscine était glacée. Bref, le premier matin, la montre-réveil de David a sonné mais il fut impossible de la retrouver. Nous avons secoué les draps, regardé sous le lit et les meubles, rien. Le lendemain, la montre programmée a fonctionné, déclenchant les mêmes recherches. Croirais-tu que David a différé notre départ d'une nuit pour retrouver son bien. Il s'est fait réveiller par l'hôtel à six heures et demie et s'est installé comme un couguar à l'affût pour localiser le bruit. La nuit d'hôtel coûtait plus cher que la montre, mais tant pis. Il voulait reprendre cet objet auquel il ne tenait pas. Et il n'a pas voulu s'expliquer, obstiné, têtu.

– Et où était la montre ? Excuse-moi, mais ça m'intrigue.

– Coincée entre un ressort et un montant du sommier.

– Et tu ne t'es pas fâchée ?

– Si, et il m'a dit : "Tu es belle quand tu t'énerves, tu as les lèvres plus pleines."

– C'est vrai, Marie. »

Gina s'était levée et, tout doucement, était venue s'asseoir près d'eux dans le fumoir. Elle allait bien le soir après avoir dormi. Ses enfants lui servirent son dîner, insistant pour qu'elle mange un peu. Ils cuisinaient beaucoup et, dans la petite maison niçoise, la chère était excellente. On débouchait chaque jour une bouteille accordée au menu ; Gina disait en riant qu'elle partirait quand sa cave serait vide. Elle souffrait par accès subits, mais jouissait toujours de son étrange bonheur.

Julien s'était montré dévoué ; à l'appel de Marie, il était venu de Paris voir Gina et demeurait prêt à les conseiller. Le médecin traitant, lui, avait acquiescé sans le dire explicitement au choix de la malade : on ne la laisserait pas souffrir inutilement quand les drogues deviendraient inefficaces. Tristan et Marie savaient prévenir la douleur, et, apaisé, le visage de Gina retrouvait ses traits d'autrefois soutenant la beauté diaphane déposée par l'approche de la mort.

« Qu'est devenu ton ami, ma petite Marie ?

– Je ne sais pas bien. Après *Lucia*, quand Tristan s'est enfermé en huis clos avec Ravel, j'ai rejoint David dans l'Aveyron, à Laissac. Ses parents y possèdent une maison. Nous y avons vécu seuls. Il désirait un enfant, et j'ai refusé. J'avais peur de l'avenir, du quotidien, peur de ne pas aimer assez, je n'étais pas prête. David se taisait, incapable de me rassurer, de discuter, même. Il travaillait et ne revenait qu'en fin de semaine. Nous ne voyions personne et rien ne nous distrayait de notre hostilité. Il ne pouvait admettre la crainte d'un bébé, ce lien entre nous. Il m'accusait de vouloir comprendre les gens au lieu de les aimer. Pendant ses absences, et tout en pleurant, j'ai rédigé les meilleurs chapitres de ma thèse sur l'échec passionnel. Un dimanche soir, nous nous sommes gravement disputés, et la semaine suivante, il n'était pas à la gare. Je l'ai attendu contre toute raison. Vous savez, quand une chose est possible, je n'y crois pas, le pessimisme étouffe en moi la voix du probable, mais si tout est perdu, la foi me porte follement, intensément.

– Ma chérie, enfant, tu étais déjà le chantre des causes perdues.

– Je suis allée à la gare beaucoup trop tôt et la présence de l'employé m'humiliait, j'avais tellement l'air d'une femme qui attend un homme.

– Et après ? Si le chef de gare te regardait, c'est peut-être simplement parce qu'il te trouvait jolie, ou alors tu le dérangeais. Tu as l'anxiété si visible quand tu portes tes lentilles.

– Pourquoi ?

– Les reflets de tes verres de myope dérobent un peu l'expression de tes yeux et les rapetissent ; ils semblent alors seulement faits pour voir et réfléchir. Les lentilles dénudent ton regard qui lampe le monde avec de l'angoisse qui tremble au fond.

– Peut-être... J'attendais, je me demandais ce que je lui dirais, mais cela faisait des jours et des nuits que je lui parlais sans arrêt. J'étais vide, nauséeuse ; je voulais seulement ses bras autour de moi, ma tête sur son épaule. Je piétinais en regardant l'horloge, fébrile, mais non impatiente : c'est terrible de penser que le bonheur ou les larmes sont si près. On souffre, puis l'idée vient que cette peine sera peut-être regrettée plus tard.

« Quand le train est arrivé, j'ai sursauté ; j'étais figée dans l'attente depuis si longtemps que sa rupture m'est apparue comme un coup, la fin d'un espoir. Il fallait affronter l'absence ou la présence de David. Il n'était pas là. Absurdement j'ai compté les voyageurs, il y en avait dix, c'était fini. J'ai éprouvé une sorte de blanc dans l'esprit, une syncope, non du corps, mais de l'intelligence. Sur ce quai de gare je me sentais mise au rebut. On pénètre dans une gare pour prendre un train ou le quitter, accompagner un ami ou l'accueillir, moi je n'avais là aucune place. Le reste de la journée s'étendait libre, vacant, creux. Je suis rentrée pour faire mes valises, fermer les compteurs et la porte. À Paris, j'ai trouvé ta lettre, Gina, et vous connaissez la suite.

– Et David ?

– Je ne sais pas. Je lui ai écrit que j'étais à Nice, mais sans lui donner notre adresse. Il faut que je réfléchisse. C'est ce qui nous rapproche, toi et moi, Tristan, notre incapacité à jouir du présent ou du bonheur ; à peine se laisse-t-il deviner que nous nous raidissons, inquiets à l'idée de son coût, à la pensée de le perdre. »

Gina embrassa Marie sur les cheveux avec tendresse, puis lui raconta un midrash, un vieux commentaire hébraïque d'un verset biblique.

« Quand Dieu dit “Faisons l'homme à notre image”, le pluriel indique la consultation entre Dieu et ses anges. Les anges de vérité et de *shalom* souhaitèrent que l'homme ne fût pas créé, car il introduirait le désordre et la guerre. Mais les anges de justice et d'amour se prononcèrent pour l'homme capable de ces deux vertus.

– Tu parles par énigmes à présent ?

– Cela convient aux mourants assistés de leurs enfants. »

Jusqu'à la mi-janvier, Gina put se lever le soir, et ils bavardaient tous les trois autour de la cheminée. Le vernis du piano luisait à la lueur des flammes. Les cloches de l'église voisine sonnaient le quart, la demie et l'heure, la maison semblait alors devenir attentive à leur vibrance. Ce n'était pas la scansion du temps, seuls le sommeil et la veille de Gina rythmaient la durée. Le son des cloches était sans âge, une musique de l'histoire les berçant à l'écart de la vie citadine.

Durant toute la maladie de la vieille dame, il fit beau à Nice. Tristan et Marie aimaient se promener le long de la mer, les matins lancéolés de rayons de soleil froids et vifs. Mais sortir de la vieille ville pour faire des courses leur était pénible. Nice a le pimpant des décors de théâtre fraîchement peints et sa gaieté les assombrissait. Ni Paris, ni Rome ou Barcelone ne possèdent ces immeubles festonnés de sculptures crémeuses, ou ces maisons rouge ou ocre que jamais on ne voit sales. De nouveaux jets d'eau, des parterres, des bancs enrichissent chaque année cette cité si bien nourrie qu'elle en devient suspecte. Les quartiers pauvres moisissent à la périphérie, mais au bord de l'eau, Nice la belle triomphe ; comme une illustration de livres enfantins, elle possède une gare, un aéroport, des hôpitaux, des écoles, des musées et des universités, un opéra, des théâtres et des temples de toute confession entre mer et montagne.

C'est une ville trop somptueuse, irréelle, inquiétante, parfois, comme un mensonge mal dissimulé. Dans les rues si claires passent des vieux plus nombreux et plus vieux qu'ailleurs, traînant des chiens sales. Hostiles à la dignité douce de l'âge, ils ressemblent à des comédiens fatigués, acharnés à s'exhiber encore. Au-dessus des manteaux de fourrure, le rose tient mal sur les pommettes flétries, le bleu froisse les paupières et le rouge salit des bouches relâchées. La mort menace aussi cette cité ravissante, mais ses beaux quartiers et le ciel éclatant la nient comme une inconvenance.

Auprès de Gina, la pensée de la fin s'apprivoisait, acceptée, mais non attendue, grâce au courage dévoué à chaque journée.

Tristan jouait beaucoup de piano, des nocturnes de Chopin, les *Intermezzi* de Brahms ou des sonates de Beethoven. Il ne parlait pas d'Éléonore, et Gina n'osait le questionner. La pensée de l'avoir encouragé à s'occuper de la jeune femme la tourmentait. Elle s'était trompée en croyant que la pédagogie le sauverait : il n'était pas professeur comme elle, mais un soliste privé de son instrument, cambrioleur d'une voix gémellaire.

L'enfant dévoile ce qu'il est, songeait-elle, il se fait et se construit. L'adulte, ensuite, répète son enfance, il imite sans le savoir son propre modèle.

Elle eût aimé que Tristan continuât à faire de la musique de chambre et revenait à la charge avec une hâte maladroite et touchante, secondée par Marie. Un soir, contraint à parler et désireux qu'on ne le questionnât plus, il entoura les épaules de Gina et lui dit :

« Vous n'avez rien à vous reprocher. Je joue une pièce que j'ai écrite sans le savoir autrefois, et je vis, penché vers mes jeunes années, comme Narcisse au bord de son étang. Nous le faisons tous et nul n'y peut rien.

– Tristan, tu es si amer…

– Non, et s'il sied à la vieillesse de parler par énigmes, comme vous l'avez fait avec votre midrash, je vous répondrai par un conte persan. Seulement, après, fichez-moi la paix, s'il vous plaît.

« Au temps d'avant l'histoire, au temps du rêve, Dieu modela le paon, la première et unique créature. Le chant de l'oiseau aux cent yeux exaltait la gloire divine et sa traîne déployée soutenait l'envol du soleil au zénith. Le paon était mâle et femelle et ne connaissait que Dieu. Un jour, le Créateur lui tendit un miroir, l'oiseau vit son image et ne se reconnut pas ; jamais il n'avait songé qu'il pût être différent de Dieu. Quand il l'eût enfin compris, il poussa un tel cri que sa voix se brisa et naquit le chant discordant du paon. Confronté à lui-même, à la puissance numineuse du miroir, il se mit à transpirer d'angoisse, et de chaque goutte de sa sueur surgit une créature. De la douleur sont ainsi nés tous les êtres. D'une voix cassée peut éclore une chanteuse, et la plus lourde de mes larmes a suscité la voix d'or d'une soprano.

– Et maintenant, Tristan ?

– Maintenant vous seule comptez. Ne pensez qu'à vous comme nous le faisons nous-mêmes. »

À la mi-janvier la maladie sembla gagner en virulence. Gina dormait beaucoup plus et l'un de ses deux enfants passait chaque nuit à son côté. C'était Marie, le plus souvent. Insomniaque, les veilles lui pesaient peu et la fuite du sommeil trouvait là une justification.

Durant ces longues heures nocturnes, sursautant aux craquements des vieux meubles, Marie ne parvenait pas à s'étendre à côté de sa tante. Assise en face du lit, tout l'espace sombre et désœuvré de la chambre pesait sur ses épaules comme une immensité vide. L'éclairage très faible de la veilleuse donnait à la pénombre une étrangeté hostile. Marie, fatiguée, regardait Gina si intensément qu'il lui semblait parfois que le petit visage sur l'oreiller se diluait dans l'ombre puis se hâtait de se recomposer. Elle croyait le voir trembler comme une flamme falote exposée à s'éteindre à tout moment. Ce repos était fragile, et menaçante l'odeur assoiffante de la chambre avec ses draps surchauffés, sa moiteur feutrée. Marie songeait à David qu'elle avait si souvent regardé dormir. Il paraissait se fortifier durant la nuit, recueilli sur l'obscure croissance de ses forces. Couché sur le dos, il offrait une innocence têtue, attendrissante ou exaspérante. La profondeur de son sommeil allait le jeter plein d'allant sur la berge du réveil quand le repos était si difficile à Marie. Elle adorait le réveiller en l'embrassant ; il reprenait conscience d'un seul coup, s'ébrouait et lui clouait les épaules au matelas avec un grand rire : « Mais tu ne dors donc jamais ? »

Au petit matin, Tristan pénétrait doucement dans la chambre. Un jour il demanda :

« Tu penses à David ? Tu règles tes comptes et tu l'aimes, Gina avait raison avec son midrash ?

– Je lui ai téléphoné. Il n'est pas venu par le train à Laissac parce qu'il en avait assez de me rejoindre, il voulait que je l'accompagne. Tu comprends, il est si confiant dans l'avenir quand le passé me retient si fort…

– Ton David, ce ne serait pas Orphée qui ne se retournerait pas ?

– Tu sais, je crois que c'est Eurydice qui appelle Orphée. Elle l'attend depuis si longtemps… Quand il vient la chercher dans l'obscurité des limbes, elle a peur, peur que ce ne soit pas vraiment lui, elle veut voir son image, vérifier…

– Et la suite de l'histoire ?

– Je te la raconterai quand je la vivrai. Je vais me coucher, maintenant. »

Marie détestait voir Tristan réveiller Gina afin qu'elle ne sombre pas dans un sommeil comateux, son regard, alors, lui faisait peur. Avant qu'elle ne reprenne pleine conscience, ses yeux demeuraient immergés dans la maladie. Ils avaient l'expression stupide et concentrée qu'ont parfois les nouveau-nés à l'écoute de leur corps. Elle semblait délaissée à cette tumeur qui la dévorait. C'était comme si son esprit s'était égaré dans une zone dangereuse et ne remontait pas ; une succion de l'intelligence absorbée par un péril dont elle eût dû s'écarter. L'angoisse de Marie venait de l'animalité que dévoile la souffrance, la soumission au corps, aux organes, à tout ce qui s'exténue et épuise la conscience. Mais lentement, très lentement, les beaux yeux clairs, presque trop beaux au milieu de tant de rides, retrouvaient leur lumière. Gina, une fois encore, vivait.

Tristan lui apportait son petit déjeuner, mais elle mangeait de moins en moins. Une infirmière lui avait posé une pompe qui injectait régulièrement de la morphine grâce à un tube relié à une veine. Ainsi son corps amaigri ne souffrait-il plus des piqûres des aiguilles ni des plages de douleur entre deux injections.

À cette époque, Gina rejeta le ruban de velours qu'elle portait depuis des années autour de son cou. Elle en possédait de toutes les nuances de ses robes et y épinglait un camée, une broche, une fleur de nacre ou une rose de Grenade. Elle ne supportait plus ces bijoux portés, disait-elle, non pour plaire, mais pour ne pas déplaire. C'était l'abandon d'une ultime coquetterie. Son corps évoluait sans elle et la contraignait à une dépendance croissante. Elle se réveillait poissée de fièvre et la peau étoilée d'escarres malgré le matelas hydraulique. L'on devait alors la déplacer, la frictionner, masser les lésions et changer les draps. Gina répugnait à se confier ainsi, mais il fallait être deux pour la manipuler sans la blesser. Tristan et Marie durent apprendre à ne plus voir la maigreur des membres, le ventre plissé, les seins si las, tout ce corps épuisé, afin de n'être attentifs qu'à la douceur de leurs gestes. La vieille dame souffrit de consentir à l'impudeur, puis elle la dépassa vers une sorte d'innocence seconde et contrainte. On ne l'atteint que dans la douleur et dans l'amour, disait Marie pour la réconforter. Le corps malade devient son propre ennemi et son rejet fait oublier tout souci de décence. Dans l'amour, le doute de soi et de l'autre sont bannis par l'émerveillement du don, et la nudité touche les amants comme une confirmation.

Quand on recouchait la vieille dame entre des draps frais, elle se reposait quelques instants les yeux clos. Sa chevelure argentée, d'un tissu si délié qu'il avait fallu la couper court, pour éviter les nœuds, brillait sur l'oreiller. Ses belles mains allongées au-dessus de la couverture semblaient encore prêtes à toucher le clavier. Des mains si belles, spirituelles, voltigeantes, des mains de pianiste ; mais Gina allait mourir.

Tristan supportait mieux que Marie l'aggravation de la maladie et la prenait en charge. Marie craignait la souffrance au point de devoir imaginer parfois sa tante morte. La pensée de l'intolérable absence rendait à nouveau précieuse la vie diminuée et meurtrie. Gina endurait la douleur avec courage, mais geignait comme un enfant si on lui tendait quelque potion ou cachet déplaisants à avaler.

« Pourquoi m'ennuyer, c'est du rafistolage !

– Pour vous aider à mieux vivre.

– Tu cherches à me prolonger, Tristan ?

– Je veux seulement adoucir votre vie aussi longtemps qu'elle vous donnera du bonheur.

– Et après ?

– Vous le savez bien.

– Tu m'aimes donc tant que cela ? »

Durant une journée, elle oscilla entre la veille et le sommeil, ballottée par la souffrance comme une barque entre des récifs coupants. Elle vacillait au bord de la nuit sans pouvoir s'endormir ni demeurer consciente. Tristan et Marie crurent l'avoir perdue. Son regard avait changé, devenu terne, vitreux, privé de cette tension intérieure qui rendait Gina supérieure au cancer. Le lendemain elle alla mieux et dormit paisiblement. Tristan remplit le samovar du fumoir de leur décoction favorite : un mélange d'anis étoilé, de tilleul, de verveine, quelques fleurs de camomille et un bâton de vanille ; ils aimaient entourer la tasse brûlante de leurs mains et sentir la vapeur embuer leurs lèvres. Marie s'inquiétait du regard de Gina.

« J'ai souvent questionné des ophtalmos, des opticiens et nul ne m'a répondu ou convaincue. D'où vient l'expression du regard ? L'œil est un globe, une entité anatomique, comment peut-il traduire tous les sentiments d'un être humain ? Les mouvements du visage ou les reflets de la lumière n'expliquent rien. Seule devant une glace, et sans bouger la tête, je puis signifier la douleur, la colère, la tendresse, la peur, l'amour et tant d'autres affections avec mon simple regard, pourquoi ?

– Je ne sais pas.

– Mais quand nous avons fait boire Gina hier, elle tétait sa paille coudée comme un animal. Ses yeux ne disaient que la soif et le besoin du corps. Aujourd'hui, quand elle s'est réveillée, tellement mieux, il m'a semblé que l'âme affluait au regard. Tu ne crois toujours pas à l'âme, Tristan ?

– Je ne sais pas, Marie. Je ne sais rien de l'âme ni de Dieu. Un ancien étudiant du philosophe Alain était devenu secrétaire du pape. Athée, il n'assistait à aucun office et l'entourage du Saint-Père s'en émut. Contraint à sermonner le jeune homme, sa Sainteté, agacée, lui demanda : "Mais enfin, faites un effort, pourquoi ne pratiquez-vous pas ? – Parce que je ne crois pas ! – Qu'en savez-vous…", conclut la sagesse pontificale. C'est la réponse que je te fais.

– Tristan, Gina est croyante et nous ne lui avons pas proposé d'aller chercher un prêtre. »

Ils lui en parlèrent avec un peu d'embarras, mais elle ne les laissa pas finir.

« Mes enfants, cessez de tourner autour du pot, du ciboire, des burettes et des saintes huiles. Je ne souhaite pas recevoir les derniers sacrements. D'abord Pierre n'est plus et c'est pour cela que je m'habitue si facilement à l'idée de mourir. Dès lors, de deux choses l'une, ou bien Pierre me bénit d'où il est ; il ne m'a pas épousée, il me doit bien l'extrême-onction ; ou bien Dieu n'existe pas, et alors, comme disait Valéry, quelle connerie ! »

L'agonie commença juste avant le carnaval de Nice. La vieille dame gisait les narines pincées, le teint éburnéen, agitée de soubresauts que l'on soignait avec du valium. Le cancer entraînait une quantité de troubles qui exigeaient que l'on traitât le corps comme un champ de bataille. Tout agonisant ressemble à un combat livré et perdu sur tous les fronts.

Les dernières nuits, Tristan et Marie se relayèrent sans cesse au chevet de la mourante ; épuisés, ils s'endormaient et se réveillaient en sursaut, honteux de chercher d'abord le mouvement qui soulevait la chemise de nuit, comme on vérifie le fonctionnement d'une machine. Gina vivait encore. Les doses de morphine étaient énormes, mais le cœur tenait. La fatigue, l'inquiétude, le parfum balsamique de la chambre rendaient plus sensible l'haleine humide de la mourante. Tristan somnolait. Le mauvais sommeil raidissait la nuque de Marie, ses muscles entre les omoplates et la colonne vertébrale. La table à médicaments luisait faiblement dans la pénombre à cause de la blancheur de la nappe. Marie circulait maladroitement dans la pièce comme pour imposer sa propre vie. Les objets dérangés dans le silence de la nuit paraissaient marquer une distance, une sorte d'inimitié. Elle éprouvait un sentiment de solitude insupportable sans le réconfort d'un décor dont la familiarité s'était retirée.

Parfois Gina s'éveillait ; son regard halait Marie comme un phare. Elle s'agenouillait le long du lit et collait sa bouche à la main de sa tante, à cette paume dont l'entrelacs des lignes ne parlait plus d'avenir. Contre sa tiédeur, elle oubliait la fin si proche. Toutes deux retrouvaient le même souvenir des séjours de Marie, autrefois, à la Butte-aux-Cailles. Gina la réveillait le matin pour aller à l'école et l'enfant l'attirait, se blottissait contre elle et feignait de croire que cette minute gagnée contre le réveil et le froid allait durer toujours. Mais aujourd'hui, le sommeil emportait la malade, et, comme autrefois, Marie se retrouvait abandonnée, le cœur glacé.

La journée qui précéda sa mort, Gina avait beaucoup souffert. Au ras de l'oreiller, ses yeux vides s'ouvraient, immenses ; ils ressemblaient à ces puits si profonds que l'on peut y jeter une pierre sans que jamais l'oreille ne perçoive le bruit de la chute. Tristan et Marie, assis de chaque côté du lit, tenaient entre leurs mains des mains qui ne s'animaient plus. Dans l'après-midi, le visage s'apaisa, mais son regard demeurait tendu vers une vision intérieure qui la détachait de ses enfants. Sa bouche n'assumait plus les paroles qu'elle tentait de former. Les lèvres ne répondaient plus, comme si les dernières barrières vitales devant la mort s'effondraient. Sa voix paraissait venir du fond du corps, à peine audible. Elle ne mangeait plus, buvait seulement, et à grand-peine. Ses yeux brûlants de fièvre avaient une clarté liquide que troublait d'une terrible fixité la montée de la douleur.

Le soir venu, calmement, Tristan cassa des ampoules, remplit une seringue et piqua le tube transparent de la perfusion. Ses mains ne tremblaient pas. Pendant qu'il pressait le piston, son regard ne quittait pas celui de Gina. Il n'y eut ni crainte, ni gratitude, seulement un amour infini.

Ensuite, Tristan et Marie ne lâchèrent plus le corps si faible qu'il se blessait lui-même. Un souffle rauque naissait au fond de lui, plus bas que la poitrine, et remontait, raclant les poumons jusqu'à la bouche d'où il fusait en sifflant. Les mains se crispaient sur les draps comme pour retenir la vie dont la mourante ne voulait plus. Vers une heure du matin, sa respiration se fit plus irrégulière luttant contre l'asphyxie. Gina ouvrit les yeux, des yeux démesurés, elle se souleva en un sursaut, aidée par l'étreinte de ses enfants. Elle demeura assise quelques instants, puis ses muscles se relâchèrent, et elle sembla retomber d'un invisible sommet jusqu'au fond d'elle-même durant un long vertige. Elle était morte.

Tristan et Marie demeurèrent immobiles, leurs bras enlaçant toujours Gina. Ils croyaient entendre sans fin la respiration si pénible. Ils lui fermèrent les yeux brillants encore, affleurant au corps sans vie, fixant intolérablement un spectacle invisible perdu derrière eux. Enfin le silence retomba sur la chambre comme une poussière ou un pollen, et s'installa, définitif, plombé.

À l'aube, quand un peu de clarté dissipa les brumes nocturnes, fuligineuses, tous deux, debout, contemplaient le corps absurdement perdu dans l'immensité du lit. Inerte, il paraissait pourtant glisser sur la blancheur des draps.

Tristan s'occupa des pompes funèbres, puis ils rangèrent la maison. Ils se débarrassèrent avec une sorte de hâte de tous ces objets qui survivaient à Gina. Ils auraient aimé, comme pour les funérailles de Patrocle, dans *L'Iliade*, brûler avec le corps tout ce qui lui avait appartenu. Ils s'acharnaient sur chaque pièce afin de les rendre impersonnelles, ouvrant les fenêtres au froid de février qui gelait les murs et traquait les parfums au fond des placards. Ils eussent aimé que subsistât seulement leur mémoire. Un camion viendrait chercher les meubles qu'ils conservaient, une œuvre charitable ferait le reste. Quand ils eurent fini, le soleil avait fouillé les recoins de la maison entière, la laissant nue, rabotée de lumière. Dans la chambre de Gina, Tristan avait déchaîné une sorte d'émeute florale pour déchirer l'immobilité qui leur glaçait les tempes.

La veille de l'enterrement, Tristan alla acheter du poisson au marché. Il en choisit de toute forme, de tout nom et de toute couleur, des rougets, des maquereaux, des plies, des sardines et des daurades, des merlans, du colin et du loup. Il en remplit des seaux qu'il rangea dans le coffre de la voiture, puis réunit les chats, sauf Farinelli que Marie gardait. Il les emmena sur la plage, loin de la maison près du Cap-Ferrat, en un lieu désert. L'air était frais, salé, chargé des senteurs marines qu'enfiévrait le parfum des pins venu de la côte quand changeait le vent. Tous les chats le suivaient. Il disposa les poissons sur les galets frottés de sel, chauffés par la coction du soleil. On eût dit les préparatifs d'une fête gigantesque. Patta, Grisi, Caffarelli, Melba, Tebaldi et tous les autres s'affolèrent de gourmandise, bientôt rejoints par des félins étrangers.

Tristan les quitta. Quand il se retourna, avant de reprendre sa voiture, la plage semblait faite de pierres mouvantes ; une multitude de chats soulevait et déchirait les poissons multicolores en une sorte de célébration barbare.

Pour l'enterrement, Tristan et Marie n'avaient prévenu personne. Une annonce dans les journaux paraîtrait quand il serait trop tard.

Gina attendait dans son cercueil. Enveloppée d'un linceul, elle avait refusé la comédie de la vêture mortuaire. Ses enfants posèrent eux-mêmes le couvercle au dernier moment. Elle avait peur des boîtes et des dalles. Elle aurait aimé reposer sous un tumulus. Ils ne feraient pas poser de pierre sur sa tombe, mais planteraient des fleurs cernées par une enceinte de briques.

Avant de la mener au cimetière, ils l'accompagnèrent à l'église. Il n'y avait que quelques femmes disséminées dans la nef. Ils avaient couvert le cercueil de fleurs et engagé des chanteurs afin que la vie et la voix exaltent jusqu'à ses derniers instants la dépouille de Gina. C'était un étrange spectacle que cette église presque vide mais où retentissait le *Requiem* de Fauré au-dessus d'une débauche de fleurs. Quand le prêtre balança l'encensoir tout autour du corps, ce parfum de légende, cette senteur mystique apaisa Tristan et Marie. Aucune odeur ne parle davantage à l'âme, ne réveille plus d'images. Avec la fumée de l'encens, le crépitement des cierges devint perceptible, comme les reflets aux couleurs de tapisserie ancienne projetés par les vitraux sur les dalles, les boiseries et les visages.

Au sortir de la messe, assis dans le fourgon mortuaire, ils rencontrèrent la stridence d'un jour de carnaval livré à la vulgarité d'une fête trahie.

Au cimetière, en haut d'une colline, la tombe était prête, un peu en retrait, comme Gina le voulait. Dans la terre fraîchement retournée, Marie avait planté des jacinthes, des narcisses et des roses de Noël. La mer brillait.

Tristan restait près de la tombe, des sanglots dans la poitrine, une révolte close, des pleurs silencieux qui l'ébranlaient tout entier.

Marie, épuisée, éprouvait une fatigue sans pensée, une tristesse si profonde qu'elle pouvait se confondre avec la paix de l'âme.

Je suis belle, ô mortels, comme un rêve de pierre.

Baudelaire, *Les Fleurs du Mal*, « La Beauté »

Chapitre 6

Au sortir du cimetière, Tristan et Marie n'eurent pas le courage de retourner immédiatement dans la maison vacante et froide.

Ils se promenèrent sur la plage, silencieux, engourdis de chagrin.

Le soleil offensait leur peine. Pas un souffle ne soulageait la Méditerranée étale, bleue, à peine frangée d'écume au ras des galets. Ils auraient aimé entendre l'aspiration brutale du sable par les vagues, la friction des coquillages concassés par le ressac d'un océan verdâtre. Mais la mer, luisante, s'exténuait à l'horizon.

Ils marchèrent puis s'assirent sans rien dire. Soudain, Marie annonça qu'elle allait rejoindre David. Ces simples mots l'éloignèrent de Tristan plus sûrement que des mois de séparation.

Il éprouvait la mort de Gina comme l'afflux continu d'une absence, le rappel permanent d'un exil. Marie, elle, avait des projets, un avenir. À Laissac, David l'attendait, tenant entre ses mains, comme un oiseau qui palpite, prêt à l'envol, toute une vie à lui offrir. Tristan se sentait orphelin dans un monde sans refuge et frappé d'étrangeté. Il n'avait aucun désir, comme si, entre la voix d'Éléonore et la mort de Gina, une existence s'était écoulée ne laissant que des scories. Il faudrait pourtant bientôt choisir, décider, gagner de l'argent... Marie lui parut odieusement vivante, il la regardait avec hostilité. Sur ses traits fatigués, il lui semblait lire, encore imprécis, l'obscur soulagement de la mort : le décès perçu, après une longue agonie, telle une délivrance, consolation congrue à tous les deuils.

Ils auraient dû éviter cette promenade. Épuisés, ils ne supportaient plus rien.

L'amitié tolère sans doute plus mal que l'amour une perte d'intensité. Les amants questionnent avec insistance ; les amis, pudiques, se taisent, et, parfois, se perdent. Tristan et Marie faisaient relâche, comme au théâtre, sans savoir s'il y aurait de reprise.

Elle suggéra de rentrer.

Dans le fumoir, Tristan souleva machinalement le couvercle du piano. Au bout du clavier, sur le rebord de bois, traînaient des gommes usées et des crayons mordillés qu'ils avaient oublié de jeter. Il en reçut une sorte d'élancement douloureux : l'empreinte des dents, l'effilochure des gommes n'étaient plus signe d'un frémissement de vie, mais de froideur de mort.

Dans la chambre, cette pièce où l'on s'était tant dit, où Gina avait respiré et gémi, le silence sembla si suffocant que Marie ouvrit impulsivement la fenêtre ; les sons refluèrent, anonymes. Il fallait fuir ; d'un commun accord, ils firent leurs valises, fermèrent la maison et confièrent les clefs à une voisine ; elle les remettrait au propriétaire après avoir ouvert aux déménageurs.

Marie rejoignait l'Aveyron en voiture, elle proposa à Tristan de l'accompagner à la gare prendre son train pour Paris.

Ils faillirent le manquer : comme le promettaient les affiches placardées partout dans la ville, le carnaval battait son plein. Au milieu des grandes artères, les chars exhibaient leurs boursouflures de carton-pâte figurant un Neptune entouré de naïades, une Vénus anadyomène, une taverne de pirates, ou tout autre thème banal et criard. Tout autour, déambulaient ceux que l'on appelle les « têtes » : des hommes, le corps engoncé dans un tube modelé en forme de saucisse ou de bouteille ne laissant dépasser que les jambes.

Marie dut abandonner sa voiture bloquée par le cortège et ils poursuivirent à pied, peinant pour porter les bagages. Ils avaient des figures de Carême égarées en mardi gras. Des individus déchaînés leur frappaient la tête avec des marteaux en plastique lâchant un son grinçant lors du choc. On les barbouilla de ces serpentins chimiques multicolores jaillis de bombes dont des dizaines d'exemplaires usés encombraient déjà les caniveaux aux côtés de canettes vides. Partout des gens hurlaient, saoulés de foule et de bruit. Des relents de graisse et de sucre surchauffés empestaient les rues.

Tristan et Marie, heurtés, bousculés, avaient l'impression qu'ils ne rejoindraient jamais la gare. Leur visage crispé excitait des fêtards intolérants à la tristesse en ce jour de liesse. Sans cesse, on les arrêtait pour leur glisser des poignées de confettis dans le cou ou pour grimacer à l'image de leur physionomie maussade. Ils marchaient en somnambules, abrutis par la musique stridulante lâchée par les haut-parleurs. Seuls les enfants semblaient aussi mornes qu'eux ; étroitement surveillés, attentifs à ne pas salir leurs beaux déguisements, trop petits pour voir le défilé, ils s'étonnaient de ce chahut tant attendu dont ils étaient exclus.

Tristan et Marie auraient dû partir un jour plus tard, la fête finirait le lendemain. La municipalité compterait les gains, les hôteliers béniraient encore le rituel mercantile, et les balayeurs nettoieraient. On rangerait soigneusement la cartonnade du roi, sans la brûler, comme autrefois. Marchant à côté de Tristan qui traînait sa valise, Marie luttait à sa façon contre le dégoût, en faisant un cours. Il est étrange, disait-elle, que des rites barbares et superbes puissent connaître cette fin, oublieuse et commerciale. Pourquoi Nice la belle, la somptueuse se prête-t-elle à de telles parodies ? Au début de ce siècle, lors du carnaval, dans les villes très catholiques, la population s'enflammait d'une folie collective, se livrant à des excès somptuaires, alimentaires et sexuels. Les voyous parcouraient la cité munis d'emblèmes phalliques et le vin coulait, enivrant des corps déjà gorgés de victuailles. À la fin de ce temps d'allégresse sauvage, on brûlait en grande pompe le roi carnaval. Puis Marie évoqua les Sacées, les Bacchanales, les Saturnales, toutes ces frairies prescrivant l'abandon au chaos pendant la fête. Plus grande était la dépense de forces vives, hâbleries, ripailles, orgies et bagarres, plus forte et ordonnée serait la société nouvelle surgie du retour au tohu-bohu originel. Pendant ces jours festifs, un roi était choisi parmi la pègre ou les esclaves ; il avait les droits d'un despote : lois, femmes, or, sacrilèges, tout lui était soumis jusqu'à la fin du paroxysme. On l'immolait, alors, et de son sang naissait l'ordre nouveau.

Mais Tristan ne l'écoutait pas, elle ne lui parlait pas, non plus.

Parvenus enfin à la gare de Nice, le départ imminent du train leur épargna une attente embarrassante. Penché à la fenêtre, Tristan s'émut du visage défait de son amie, et son affection reflua.

« Là-bas, dans l'Aveyron avec David, tu auras un enfant ?

– Seulement si tu en es le parrain. »

Ils se quittèrent avec la tendresse d'un au revoir craignant l'adieu.

Tristan dormit pendant tout le voyage vers Paris. Le lendemain, il téléphona à son vieil ami, l'imprésario Jean Roger. Jean l'avait beaucoup fait travailler avant la rencontre avec Éléonore, puis, durant la formation de la cantatrice, lui avait procuré des contrats alimentaires compatibles avec son activité nouvelle ; Tristan lui devait aussi l'enregistrement du trio de Ravel. Comme Gina, l'imprésario avait espéré une conversion à la musique de chambre, mais il se heurta à l'apathie du pianiste ne souhaitant que le gain de sa subsistance assuré sans écorner sa torpeur. Jean argumenta, tempêta en pure perte. Tous ses autres artistes souhaitaient rejoindre l'image idéale du virtuose, Kempff, Martha Argerich ou Arrau.

Beaucoup ne franchiraient jamais tel barreau de cette échelle mystérieuse du talent et du métier, mais, au moins, ils rêvaient. Tristan, lui, n'ambitionnait rien, et rien ne put entamer son étrange inertie. Son enfance, disait Jean, était devenue son bourreau, et lui-même une sorte de Sisyphe, poussé en avant, écrasé par la masse énorme de son passé. La vigueur de l'adolescence, osa-t-il lui reprocher, n'enfanta qu'un retraité. Il lutta contre les étranges obstinations du pianiste, sa croyance à un sens, à des correspondances mouvant la vie. Plus ou moins consciemment, Tristan attendait un appel semblable à ceux déjà reçus. Gina avait fait naître sa voix, il l'avait aidée à mourir ; l'adolescence avait tué son organe, mais il avait formé celui d'une jeune fille. Il voyait les signes se répondre, couvrant l'existence humaine d'un réseau de symboles dont il fallait interpréter le sens et sanctifier la loi. Le destin a partie liée avec le rêve. C'est folie, s'exaspérait Jean, de croire que le monde compose avec nous, absurdité de penser qu'un homme joue ses notes dans la partition de l'univers.

De guerre lasse, pourtant, l'imprésario céda et obtint pour Tristan les accompagnements souhaités. Durant la fin de l'hiver et tout le printemps, le pianiste suivit des chanteuses que sa discrétion et son talent ravissaient.

Marie téléphonait parfois de l'Aveyron. Elle vivait bien dans ce tréfonds de la France rurale, son doctorat avançait et elle était enceinte.

L'idée d'une gestation mûrissant en Marie mit Tristan mal à l'aise. Il eut envie de questionner sa mère sur sa propre naissance et sur son père. Il allait régulièrement la voir, mais chacune de ses visites était une déception. Corinne, qui se plaignait à l'envi de voir si peu son fils, l'accueillait avec une froideur décourageante. Mère exemplaire, infirmière compétente, elle incarnait la vindicte d'un dévouement ostentatoire et déprécié. Se jugeant sans reproche, elle ruminait un incessant réquisitoire contre son mari défunt, son fils ingrat, ses collègues, la malchance et la vie.

Elle répugnait à parler à Tristan de son père, mort d'une leucémie deux ans après sa naissance. Lui ne s'en souvenait plus, et pendant longtemps ne s'en était guère soucié. Mais Corinne vieillissait ; pressé, désormais, il voulait savoir. Interrogeant des souvenirs rétifs, il redoutait la métamorphose de la durée, conscient que chaque événement, coloré par celui qui le précède, éclaire le suivant, faisant de la mémoire un monstrueux alambic déformant. La demande de Tristan blessait Corinne comme si l'appel au père diminuait son mérite. Ses récits, indigents, évoquaient des vacances, des tracas domestiques, rien qui puisse préciser la figure paternelle, laissant à quelques rares photos le soin de parler pour elle.

Assis à la table de la salle à manger, les albums dispersés autour de lui, Tristan s'étonnait que son père lui ait si peu manqué. Mais qu'en eût-il fait ? Sa mère avait tout régenté et n'eût pas supporté l'ingérence de son mari dans l'éducation de leur fils. Comme les déesses antiques, elle était la génitrice, la nourricière et la source de tout pouvoir. Déçue par la vie conjugale, ses soupirs et son ostensible mutisme en faisaient l'aveu, elle avait formé couple avec Tristan, heureux de posséder sa mère pour lui seul. Elle l'assistait pour ses repas, sa toilette, ses vêtements, puis ses devoirs et ses concerts.

Les succès de l'enfant bouleversèrent très tôt leur existence. De nombreuses photos les montraient souriant côte à côte. Tristan se souvint des mots d'un petit choriste jaloux de son succès :

« De toute façon, tu n'as pas de père, moi j'en ai un. »

Il avait à peine senti la méchanceté de l'apostrophe, mais bien plutôt éprouvé de la fierté. À la proue des chœurs, dans la nef des églises, comme chez lui, près de sa mère, il était semblable à nul autre, unique objet de l'admiration de tous.

Peu de photographies représentaient son père ; il posait, un peu timidement, avec sa femme d'abord, puis près de son bébé. Devant ces images, Tristan s'étonnait d'un père plus jeune que lui et qui lui ressemblait tant.

Corinne s'énervait, elle avait confectionné un cake que son fils dédaignait. Mais il en venait aux photos de Gina, sa seconde mère, une femme sans homme, elle aussi, mais si différente. Il les comparait sans le vouloir. Elle avait des accès d'enthousiasme ou de fou rire, s'emportait souvent, puis le regrettait. Corinne affectait une grande égalité d'humeur, Tristan ne la vit jamais pleurer ni crier : exemplaire, elle aspirait à le faire savoir. Le mot « exemple » constituait d'ailleurs pour elle un terme fétiche, il fallait être un exemple, le donner et le suivre. Tristan se souvint que, plus grand, vers dix ans, il avait consulté le dictionnaire espérant il ne savait quelle révélation ; il trouva : exemple, du latin *exemplum*, échantillon, réplique. Les livres sont dangereux, la censure le sait bien qui craint l'iconoclasme. L'enfant eut alors conscience de ne pas désirer ressembler à sa mère, son éternel exemple, et la regarda autrement ; elle était toujours là, près de lui, sans distraction, mais sans fantaisie, suffisant à tout, et prétendant savoir mieux que lui-même ce qui lui convenait.

En la contemplant, vieillie, boudant devant son gâteau, il se remémorait son corps chaud qui l'accueillait, jadis, quand il avait un cauchemar et gagnait son lit. La dernière fois, vers douze ans peut-être, la douceur molle de ses seins débordant un peu de la chemise de nuit l'avait troublé et dégoûté.

Tristan n'avait jamais pris le temps de regarder un à un tous ces albums si soigneusement classés et datés. Il revit des clichés de ses professeurs, des maîtrises, des chefs d'orchestre et de chœur. L'un d'eux lui avait laissé une impression pénible. C'était l'ultime répétition avant un concert à la Madeleine. Il y avait du retard. Tristan avait froid et s'ennuyait dans cette grande église qu'il trouvait si laide. Corinne avait déjà protesté contre l'heure tardive, les courants d'air et le défaut d'organisation préjudiciables à son fils. On l'avait ignorée. Exaspérée, elle avait abordé le maestro avec son fameux : « Je vous dis ce que je pense. » Le chef l'avait écoutée patiemment, mais Tristan surprit un coup d'œil excédé échangé avec le premier violon. Un rideau s'était alors déchiré. Sa mère, admirable pour lui, pouvait être ridicule aux yeux des autres. Ainsi commença la souffrance de s'obliger à la voir à distance, comme une étrangère si sensible à son cœur, pourtant. Gonflée d'importance, vêtue dans la quête perpétuelle d'une ostensible distinction, elle était comique. Tristan regarda l'année de ces photos ; il avait onze ans. De là datait un sentiment de culpabilité qui ne l'avait plus quitté : honteux de sa mère, humilié par sa propre honte, il l'avait épiée, relevant douloureusement ses travers, prompt à les exagérer, sans savoir comment les excuser, haïssant tous ceux qu'il soupçonnait de les railler.

Puis il y eut l'adolescence, et les photographies devenaient plus rares et officielles, Tristan répugnait à poser en famille. Avec la perte de la voix, les albums s'achevaient comme si Corinne elle-même avait cessé d'exister. Le dernier recueil entre les mains, Tristan épiait le visage de sa mère ; au bord des larmes, elle regardait son passé étalé sur la nappe, réduit à quelques livres d'images... Raidie devant sa table dressée avec un soin maniaque, ramassant les miettes avec un doigt, elle ne pleura pourtant pas ; son fils eût redouté un aveu de faiblesse trop tardif dont il n'aurait su bercer l'abandon. Leurs regards s'évitèrent, laissant intacte la rancœur mêlée si douloureusement à l'amour. Ému soudain, Tristan tendit la main vers la manche de sa mère, mais elle se déroba, craignant l'attendrissement. Ils mangèrent en silence. Quand ils eurent enfin terminé leur tranche de cake et bu une tasse de thé, Corinne lui demanda s'il se déciderait à faire quelque chose dont elle pût être fière. L'enregistrement du trio de Ravel l'avait flattée, mais les mois passés près de Gina, exaspérée : « Ferais-tu seulement cela pour moi ? »

En rangeant les albums, Tristan se demandait, comme tant de vieux couples, comment ils en étaient arrivés là.

C'est dans un taxi, pris au sortir d'une de ces visites, que Tristan entendit la retransmission du *Bal masqué* de Verdi. Éléonore chantait Amélia. La voix avait gagné en tessiture et en éclat, acquis une couleur légèrement plus sombre, et le timbre s'était allégé. Étonnamment vite, la cantatrice rejoignait, ou révélait, un registre de soprano dramatique. Le chauffeur mélomane s'étonna de la pâleur de son client :

« Vous allez bien, m'sieur, dites, ça va ? Vous n'allez pas vous trouver mal ?

– Non, non, merci, laissez-moi écouter ! »

En reconnaissant la voix, il avait éprouvé un choc physique dont la violence l'étourdit, lui laissant les tempes serrées et le corps proche de la nausée. Ensuite, la joie se mit à sourdre de lui, forte et vive comme un fleuve.

Pourquoi avoir quitté Éléonore ? Pourquoi cette volonté d'oubli, cette décision de ne rien lire ou entendre la concernant ?

Fébrile, il acheta les derniers disques édités et alla consulter en bibliothèque les critiques parues dans les revues musicales depuis sa rupture avec la chanteuse. Le succès public demeurait foudroyant. Elle possédait cette puissance intérieure du timbre qui traverse l'orchestre et rayonne dans les plus grandes salles d'opéra. On louait l'évolution de sa voix, mais les journalistes les plus fins déploraient une interprétation parfois hâtive, insoucieuse des indications des compositeurs. Avec Donizetti, qui l'avait projetée sur la scène internationale, elle se lançait à corps perdu dans un vérisme prématuré au lieu de ciseler le classicisme des arias. On lui reprochait une recherche de splendeur vocale, accomplie au détriment d'un travail sur les partitions, jadis si scrupuleux.

Tristan, surexcité, n'arrivait plus à lire. Éléonore avait besoin de lui. Elle devrait lui rendre sa voix, et qu'importent les ténors, les duos, il modulerait encore le chant si précieux, lui insufflant l'éloquence et la musicalité qui font les grands interprètes.

Sans attendre, il se précipita chez Jean Roger, devenu l'agent de la soprano, et lui demanda de le renseigner sur ses engagements. Marie fut également priée d'interroger Julien qui accompagnait son amie en voyage le plus souvent possible. Éléonore, apprit-il, ferait une tournée aux États-Unis dans un mois, en juin, et l'achèverait début juillet. Elle serait alors en vacances avec Julien mais donnerait un récital à Montréal le 2 août. Marie proposa d'y faire inviter Tristan. Cela semblait lointain à sa fièvre, mais il devait lui-même faire face à ses contrats.

Son travail de mai à août ne lui laissa aucun souvenir. Il ne songeait qu'à retrouver la voix dont il écoutait sans cesse les enregistrements. Il lui semblait revivre, impatient de porter à nouveau le chant d'Éléonore, de le colorer à la lumière de tant de partitions nouvelles. Jean le compara à cette sculpture de Rodin, faite de deux œuvres assemblées. L'artiste avait d'abord forgé *L'homme qui tombe*, un corps renversé, basculant sans fin dans l'abîme. Il coula plus tard dans le bronze *La Femme accroupie*, une forme resserrée, lovée, défendant son secret. Le sculpteur les assembla, et leur destin changea. L'homme portait alors la femme blottie entre ses bras, et sa nuque et ses reins ployés ne disaient plus la chute, mais la vigueur de l'amant soulevant sa bien-aimée. Rodin nomma *Je suis belle* son œuvre duelle. Séparées, chacune retrouve son sens premier, jetant l'homme à nouveau dans l'abysse, recroquevillant la femme. Pour Jean, ce n'était pas là simple image, mais l'expression d'une inquiétude profonde. La voix emportait à nouveau Tristan renaissant à son rêve. Pourtant, du désespoir au bonheur, du triomphe à la chute, il n'est besoin que de l'union ou de la rupture de deux êtres mêlés par un hasard de la vie ou par le caprice d'un artiste.

Un jour avant la date prévue, Tristan était à Montréal. Marie lui avait fait parvenir une invitation, et Luc le priait à dîner après le concert, avec sa fille, Julien et un couple d'amis. Tristan n'avait pas prévu ces mondanités, prélude inesquivable à toute discussion chez les Cheverny.

Seul dans cette ville étonnamment spacieuse, il ne savait que faire ; fébrile, incapable de visites ou de découvertes, il délaissa même les Laurentides si proches. Le soir du récital, il faillit être en retard tant il avait craint une avance ridicule. S'obligeant à des parcours abrutissants, il avait arpenté les larges boulevards gris aux maisons massives. En entrant dans la salle, il tremblait. Les lumières baissaient déjà. Éléonore parut très vite, portant une ample robe de faille écarlate qui crissait à chaque pas. Elle avait perdu l'entrain adolescent qui l'animait autrefois, mais elle avait appris la démarche des cantatrices, alentie, luxueuse, suggérant le drapé des costumes de scène et l'épanouissement d'une plante rare ; cette majesté, souvent imposée par l'embonpoint des chanteuses, célébrait la sveltesse conservée d'Éléonore, faisant de sa sensualité cérémonie, un peu comme chez Ingres ces femmes alanguies, offertes, mais dont le regard impose la retenue.

Elle chantait des *Lieder* de Schubert, Schumann et Mahler. Tristan retrouva la pâte somptueuse de sa voix. La première partie s'écoula comme un songe. Plus tard, il se souvint vaguement d'un entracte, d'une coupe de champagne égarée entre ses doigts, mais tout était noyé par l'impatience d'entendre à nouveau le chant. Ce fut la même ivresse ; il avait le sentiment de toucher au havre, d'être enfin revenu chez lui. Jamais plus il ne la quitterait.

Quand tout fut fini, il eût voulu proposer immédiatement son concours. Éléonore, fêtée, félicitée, entourée, l'accueillit avec son éternelle grâce mondaine décourageant tout entretien sérieux. Le dîner, il le savait, ne serait pas plus favorable à ses projets ; Luc, hautement civilisé, savait l'art de la conversation et ne laisserait pas les plans de carrière gâter les sauces ou geler les entremets. En poste à Ottawa, il était venu à Montréal pour faire admirer sa fille à deux de ses amis, Marianne et Thierry. Il avait convié ses invités à minuit pour souper, prévoyant qu'Éléonore consacrerait plus d'une heure à sourire aux congratulations de son public et à signer des programmes.

À nouveau, Tristan erra dans les rues, risquant l'accident aux carrefours, et répétant, une fois encore, les arguments qu'il soumettrait à la chanteuse. Après *Lucia*, il l'avait quittée sans rompre officiellement leur collaboration ; depuis, elle avait eu recours à plusieurs professeurs, de manière un peu ponctuelle, prenant des leçons dans les villes où la menaient ses tournées. Tristan ne savait si Éléonore accepterait de lui confier à nouveau la gestion de son art et de ses engagements, et si Jean consentirait à rendre son dossier. Son impatience était à peine supportable.

À minuit pile, il se présenta dans le restaurant où l'attendait Luc, amusé par avance de son exactitude. Un maître d'hôtel le conduisit auprès de son hôte dans un petit salon. Il retrouva sans plaisir le diplomate apparemment enchanté par ces retrouvailles. Ce n'était pas là pure courtoisie ; Luc prisait certes peu la compagnie de Tristan mais regrettait le mentor de sa fille. Il parla, bien sûr, de tout autre chose avec cette aisance, cette frivolité de ton, confondante pour son invité. Assis sur le bord de son fauteuil, attentif au pli de son pantalon et à la raideur de son dos, Tristan en voulait à l'élégance de son hôte si confortablement renversé sur le canapé.

Enfin la jeune femme entra, suivie par Julien, Marianne et Thierry. On célébra discrètement son succès, et Luc anima la conversation, distribuant les rôles avec un plaisir proche de la composition romanesque.

Ils passèrent à table avec le protocole scrupuleux de ceux qui affectent d'en faire fi. Tous se coulaient sans effort dans ce ballet mondain, hormis Tristan qui, le sourire évasif, souffrait pêle-mêle d'inadaptation, d'ennui et de spasmes d'estomac. Pour le détendre, Luc entraîna ses convives à raconter des anecdotes d'opéra…

Thierry se plut à narrer l'histoire du crâne de Donizetti.

« Sans doute savez-vous que le compositeur, si

bien servi par notre jeune amie, fut frappé de démence à Paris et transporté à Pergame où il mourut.

– Je crois même qu'on l'autopsia, interrompit Luc, les médecins s'étonnèrent de la masse du cerveau dont les circonvolutions bizarres suggéraient les tourments du génie.

– Ils constatèrent surtout une sérieuse lésion, mon cher ami. Mais ce n'est pas mon propos. Figurez-vous qu'un des diafoirus ayant participé à l'examen, fétichiste sans le savoir, avait dérobé le haut du crâne du compositeur proprement découpé par ses collègues. Il avait placé l'objet du délit, sur son propre chef, telle une calotte, recouvert le tout de son chapeau et s'en était allé, mine de rien.

– Mais comment l'a-t-on su ?

– Ma chère Éléonore, je ne sais pas ; j'ai lu cette histoire dans un fascicule ou programme d'opéra ; ils sont en général fort bien faits ; je crois me souvenir que l'auteur rapportait des articles de journaux parus à cette époque.

– Racontez la suite, c'est invraisemblable !

– On chercha longtemps la pièce manquante, si je puis dire, mais en vain. Le fétichiste, un certain Giordano, son nom de famille m'échappe, mourut à son tour. Son héritier, un neveu, reçut, parmi les biens de son oncle, le crâne de Donizetti.

– Il en prit soin, j'espère !

– Plus que cela, il l'enjoliva. En effet, le brave garçon, n'étant pas anatomiste, ne put identifier ce qu'il prit pour un vide-poche ; il le conserva pieusement, mais, en jugeant sans doute l'aspect sévère, le fit orner, graver, je crois. J'ignore, malheureusement, si le crâne existe toujours.

– Figurez-vous que je le sais, reprit Julien. J'ai lu beaucoup de programmes d'opéra en attendant Éléonore.

– Pourquoi ne m'as-tu jamais raconté cette histoire de fou ?

– Cela prouve qu'il reste beaucoup de choses à nous dire ! Le couvercle de la boîte crânienne est conservé en un lieu propice à sa vénération, la bibliothèque de Pergame. Un médecin a bien dérobé le crâne, mais le petit neveu de Donizetti lui-même démentit par voie de presse qu'il y ait eu vol : la recherche médicale avait seule guidé le geste du docteur.

– C'est farfelu, observa Luc, eût-il volé la cervelle dans son formol, je comprendrais ! Mais un os, même auguste, ne pouvait servir que de relique ou de vide-poche.

– Ou de sébile, attendez donc la suite. Le docteur Giordano, ou quel que soit son nom, décéda avant de faire connaître ses conclusions. Contrairement aux sources de Thierry, les miennes disent qu'il mourut sans héritier. On vendit ses biens à l'encan. Un charcutier acquit le crâne pour quelques centimes et le conserva dans son tiroir-caisse pour y mettre sa monnaie.

– Dommage que nous ne soyons pas fabulistes, il y aurait une morale tintinnabulante à tirer de tout cela.

– Thierry, laisse Julien raconter son histoire ! »

Marianne, fatiguée du récit renouvelé de son mari, était soulagée d'entendre une autre version.

« Merci, Marianne. Les autorités de Pergame se souvinrent un peu tard que la gloire de leur ville avait été inhumée incomplète. Ils arrivèrent à retrouver la piste de l'os manquant, indemnisèrent le commerçant et vidèrent la sébile qu'ils exposèrent en grande pompe à la bibliothèque.

– Donc Donizetti, mort dément, repose une moitié de tête en moins. Combien de ses héroïnes, généralement folles elles aussi, allez-vous interpréter, Éléonore ?

– Je ne sais pas, Thierry. Anna Bolena, peut-être... Mais Donizetti fut un compositeur prolifique, vous savez. On joue finalement peu de ses œuvres aujourd'hui. D'ailleurs, ils étaient tous prodigieux à cette époque. À des admirateurs ébaudis par la performance de Rossini qui avait composé *Le Barbier de Séville* en treize jours, Donizetti répondit : “C'est possible, il est si paresseux !”

– Exhumez donc quelques vieilles partitions, à votre talent s'ajoutera une flatteuse réputation d'érudite.

– Ah non, cher ami ! Que ma fille n'adopte pas cette manie décadente de ressusciter les faux chefs-d'œuvre. La postérité juge et juge bien. Dieu, que je hais cette ardeur fureteuse de notre temps qui fouille les caves et les greniers de l'histoire ! N'importe quel imbécile fait une thèse sur un génie méconnu. On nous fatigue les oreilles avec des philosophes, des peintres, des musiciens dont le plus grand mérite est d'avoir été les contemporains de ceux que nul n'a oubliés. Jadis le bon goût jetait beaucoup aux oubliettes. Aujourd'hui, il conserve tout, les journaux, les étiquettes de boîtes de fromage ou les vieilles bouilloires à des fins de témoignage. Si grande est notre passion que nos musées ethnologiques nous consolent de la perte des peuples que nous avons décimés !

– Papa, tu exagères...

– Absolument pas ! Mais revenons à l'opéra, je craindrais de m'échauffer. Cher Tristan, ne nous cachez-vous pas quelques succulentes histoires de coulisses ? »

Le pianiste, qui touchait distraitement aux chefs-d'œuvre culinaires offerts à son palais, sursauta. Il ne songeait qu'à son projet et n'avait pas écouté la conversation, ballet mondain dont il lui semblait connaître déjà les figures. Luc insista, redoublant de prévenances encombrantes sans que l'on pût savoir s'il y mettait malice. Malheureux d'être pris ainsi au dépourvu, Tristan raconta gauchement l'histoire bien connue de la Pasta : à un imprésario qui lui reprochait de demander plus d'argent pour un mois que n'en pouvait espérer le président des États-Unis en un an, elle rétorqua : « Eh bien qu'il chante, alors ! » L'allusion aux cachets exorbitants des cantatrices était déplacée, Tristan le sentit, bafouilla, et se rembrunit davantage. Comment cette futilité qu'il abhorrait, ces conversation agiles et vides pouvaient-elles exiger tant de maîtrise ? Il s'éprouvait plus que jamais étranger et seul ; une brume d'angoisse montait en lui, arrêtée par l'obsession de l'entretien avec Éléonore, par la hantise du rapt de sa voix. Nul ne le sollicita plus, et cette discrétion l'épargnait avec courtoisie, mais sans chaleur.

Lors des desserts, le bavardage se fit confus. On avait quitté les sujets musicaux pour la peinture, les anecdotes diplomatiques, les compliments jetés sans pharisianisme, la médisance de bon ton ; tout ce qui fait d'un dîner la consécration du verbe assortie à la cérémonie de la table.

Julien s'amusait de la ressemblance entre Luc et sa fille. À la finesse cambrée de la jeune femme répondait la tournure busquée de son père. Tous deux avaient une sorte de génie de l'habillement ; leurs vêtements leur étaient une seconde peau portée selon les exigences du moment. Quand Luc paraissait en chemise Mao ou serré dans un gilet de soie orientale, ses pairs en costume et cravate semblaient gauches. Quelques accords suffisent à un virtuose pour affirmer son style, un geste et le choix d'un tissu imposaient l'allure patricienne des Cheverny.

Le repas s'achevait et l'on proposa de servir les alcools dans le salon.

« Savez-vous, observa soudain Julien, que nous sommes tout près des chutes du Niagara, que diriez-vous d'aller les visiter ? »

Thierry et Marianne se récusèrent, les ayant déjà vues, mais ils ajoutèrent :

« Nous ne vous en dirons rien !

– Et je vous en remercie, je veux jouir d'un œil vierge de ce spectacle. Songez que Chateaubriand se tut devant les chutes !

– Comment le sais-tu ?

– Il dit dans les *Mémoires d'outre-tombe*…

– Il faut vraiment croire à l'éternité pour décider du caractère posthume de son livre majeur, quand même ! coupa Luc

– Ce peut être de la modestie, je ne sais pas moi.

– Justement Éléonore, tu ne sais pas, parce que pour la modestie du cher Alexis de Mme de Staël, tu repasseras. D'ailleurs, il avait raison, c'était un génie.

Bref, il a écrit sobrement : “Quand on a vu la cataracte du Niagara, il n’y a plus de chute d’eau.” Je veux voir ce qui a rendu muet Chateaubriand.

– Nous pourrions partir demain quand tu seras reposée, Éléonore, proposa Julien en lui entourant les épaules de son bras. Qu’en pensez-vous ? Luc, vous venez, je suppose, et vous, Tristan ?

– Avec joie.

– Éléonore, nous irons donc tous les quatre nous confronter au sublime. »

Luc, la main sur l’épaule de sa fille, reprocha gentiment :

« Vous exagérez, cher ami, du sublime, Éléonore nous en offre chaque fois qu’elle monte sur la scène. N’est-ce pas, Tristan ? Et elle vous en est bien un peu redevable. »

Il est des rendez-vous constamment manqués, Tristan n’eut pas le temps d’exploiter l’allusion. Julien, tout à sa passion, et soucieux d’éviter l’impair, opposait déjà l’art à la nature.

« Le sublime, des philosophes – et non des moindres – l’ont dit, suppose l’effroi ou même la terreur. Il faut que le spectacle suscite la répulsion née de la conscience d’une inhumanité profonde. Le désert, l’orage, la tempête en mer, Niagara, j’espère, ces forces naturelles et déchaînées exhibent un chaos à une conscience capable d’en dominer l’épouvante. Ainsi naît l’exaltation du sublime.

– Oui, si tu es en sécurité.

– Évidemment. Ne raille pas, Éléonore ! En sûreté, j’en conviens, je veux me sentir trembler face à la tourmente des eaux, éprouver l’inquiétude d’une peur animale, puis, du fond de l'alarme, accéder à la perception seconde de l'œuvre d'art.

– Et l'opéra ne te fait jamais cet effet-là ? Le début de l'*Or du Rhin*, par exemple, les funérailles de Siegfried, la mort du Commandeur ?

– Il faut que ce soit un événement naturel, Éléonore.

– Pourtant tu m'as parlé du sublime des toiles de Chirico, de Schiele, des sculptures de Rodin, et d'innombrables églises !

– C'est vrai, mais ce n'est pas pareil. Même une église banale peut être sublime tant y est palpable l'espérance de l'homme face à l'absence divine.

– Avoue donc que tu n'aimes pas la musique !

– Tu es pour moi la musique, divine, non sublime.

– C'est ça, cherche à m'apaiser. Eh bien, écoutez-moi : après-demain, je pense, nous serons devant la cataracte qui rend Chateaubriand muet et Julien si bavard. Devant Niagara je chanterai, et ma voix que tu dédaignes, Julien, je te forcerai à l'entendre par-delà les chutes. Et s'il faut du souffle à ton esthétisme de sourd, tu en auras !

– Éléonore, tu es folle !

– Tu crois que je ne le ferai pas, tu paries ?

– Bien, d'accord, pari tenu. Et que chanteras-tu ?

– *Casta Diva*, dans *Norma*. »

Chacun sentit que la soirée était achevée. En se levant, les convives parurent saluer le défi de la jeune femme clôturant avec panache un dîner offert en son honneur.

Le lendemain, dans l'après-midi, Tristan rejoignit Luc, Éléonore et Julien à l'aéroport de Montréal. Ils devaient aller à Toronto où ils avaient retenu une voiture pour se rendre à Niagara Falls.

Résolument, le pianiste s'était approché de la cantatrice pour la prier de lui pardonner la brusquerie de son départ après le spectacle de *Lucia di Lammermoor*. Éléonore coupa court à ses excuses, feignant d'attribuer son départ à la maladie de Mme Moréno. Elle le complimenta sur son disque tandis qu'il la félicitait sur ses enregistrements ; tous deux s'entretenaient avec gêne. Luc et Julien les avaient laissés seuls. Ils se regardèrent, embarrassés, et prirent conscience du besoin que chacun avait de l'autre sans vouloir l'exprimer. Éléonore savait que la qualité de son chant pâtissait de l'absence de Tristan et souhaitait qu'il la dirigeât à nouveau, mais elle craignait la tyrannie d'autrefois. La timidité de Tristan la rassura comme la confortait l'assurance féminine et professionnelle qu'elle avait acquise. Curieusement, la chanteuse ne s'inquiéta pas des raisons de Tristan : habituée à l'énigme de son pianiste et à son mutisme, elle fut seulement satisfaite d'avoir obtenu sa collaboration et se promit d'en limiter l'ampleur. Tristan, qui s'était attendu à devoir lutter comme autrefois, demeurait interdit. Ils convinrent de travailler intensivement ensemble le mois suivant dans la maison que le pianiste possédait en Bretagne.

L'annonce de l'embarquement interrompit la poursuite de ces projets dont Éléonore reporta la discussion en s'asseyant près de Julien.

Nul ne parlait plus de la gageure de la cantatrice, une pure bravade, pensaient les trois hommes. Pourtant, durant le court voyage en avion, puis dans la voiture, elle y songeait, s'y préparant et rassemblant ses forces. Elle avait compris que Tristan désirait reprendre ses fonctions de maître de chant et diriger sa carrière ; son aide lui était nécessaire mais extrêmement lourde. Avant toute décision sérieuse, elle voulait imposer sa personnalité d'artiste. Éblouir Luc et Julien lui tenait à cœur, aussi. Elle en avait assez de la rigidité des images auxquelles elle devait se conformer pour leur plaire. Il lui semblait n'être jamais telle qu'en elle-même la vie la façonnait, mais une idole relative aux désirs de son père et de son amant. Interroge-t-on les souhaits d'une idole ? Il suffit qu'elle rayonne de toute son injuste beauté.

Ce jour-là, excédée par le dédain de Julien, Éléonore, diva célébrée, femme condamnée à plaire, voulait enfin surprendre.

... Viens ! Oh ! Viens voyager dans les rêves,
Au-delà du possible, au-delà du connu !
Et celle-là chantait comme le vent des grèves...

Baudelaire, *Les Fleurs du Mal*, « La Voix »

Chapitre 7

La nuit tombait à leur arrivée à Niagara Falls, une ville si laide qu'elle en devient irréelle. Elle ressemblait à une charpente clignotante de néons roses, verts et rouges, une sorte d'embrasement artificiel et lugubre. Ils s'arrêtèrent dans un des motels distribués le long d'une avenue rectiligne. Un établissement prétendant au luxe, mais dont l'aspect suggérait moins la douceur du repos qu'un stationnement nocturne, analogue, pour l'homme, à celui de sa voiture.

Le lendemain, ils partirent de bonne heure voir les chutes sans évoquer le pari d'Éléonore. De jour, les rues présentaient le même échantillonnage consternant d'une hideur non maîtrisée. Ce n'était ni une cité, ni un bourg, mais un simple lieu avouant avec candeur ou crudité son ambition mercantile. Il y avait des salles de jeu, des musées de cire, des galeries de gadgets, des boutiques de souvenirs, des fast-foods... Tout un apparat touristique offensant la transe colossale de Niagara.

De la ville, on l'entend déjà, comme une basse

continue, par-delà le bombillement des touristes qui badaudent et flanardent. C'est un grondement persistant comme le roulement de l'orage ou le raclement des rochers emportés par un torrent. Plus on s'approche, et plus le vacarme égare l'esprit. Le tonnerre de la cataracte étreint comme la respiration d'un monstre d'outre-terre. Avant même d'approcher les chutes, ils perçurent la nuée charnue de la brume levée au-dessus de Niagara comme un grand cumulus dont s'enveloppe le vent.

En amont, un îlot accueille des oiseaux insoucieux de la faille où, à quelques mètres seulement, tombe la masse des eaux.

Tous quatre s'arrêtèrent devant la fracture du fleuve, au-dessus du gouffre dont les siècles ont creusé l'abîme, orgues démentes d'un univers où le roc et l'eau combattent ; ainsi, à l'aube des mythes luttaient les éléments.

C'est le fracas de la colère des siècles issus de l'aurore du monde. C'est l'effroi d'un chaos où le flot, brillant comme un gemme, bouillonne aussi d'écume. Niagara s'abat au fond de la gorge, déchiqueté par l'amas disloqué des roches, torturé par l'âpre mascaret de ses flots. Les tourbillons venus du tréfonds de la cataracte portent sans cesse plus haut les vapeurs mouvantes, rendant la vue du ciel aussi vertigineuse que celle du gouffre.

Éléonore, Luc, Julien et Tristan étaient seuls, il était très tôt. C'était un jour de grève des cars. Ils renoncèrent au tourisme congru : les bottes et les cirés portés pour descendre le long de la falaise, la promenade en bateau ou le survol en hélicoptère, tout ce cérémonial assaisonné aux miradors, belvédères et téléphériques omniprésents. Ils cherchèrent un lieu préservé de cette parade, la digue était déserte.

Sans mot dire, Éléonore se détacha du groupe de ses compagnons. Instinctivement, ils s'arrêtèrent, la laissant s'approcher de la rambarde devant la chute. Les trois hommes s'assirent sur un banc ; Luc et Julien évitaient de se regarder, gênés de participer à ce caprice qui leur paraissait ridicule ; Tristan, à bout de nerfs, la gorge contractée, éprouvait presque physiquement le besoin d'entendre à nouveau le timbre unique. Adossée au garde-fou comme à la courbure d'un piano, la jeune femme avait l'éclat précaire d'une actrice et la grâce suzeraine d'une héroïne. Le matin, méditant son projet, elle avait revêtu une robe très simple, un peu longue, d'un bleu à l'éclat minéral. Une longue écharpe aux couleurs fondues enveloppait son cou. Ses cheveux, ramassés en grappes sur la tête, formaient sur le front une couronne innocente ou barbare. Les yeux baissés, fière et fragile, elle ressemblait à la rêverie archaïsante d'un peintre symboliste.

Luc et Julien l'admiraient, indulgents, prêts, déjà, à la consoler de l'échec de son absurde défi. Ils demeuraient immobiles, pure attente inconsciente de la durée. Éléonore oublia lentement le monde extérieur et se concentra sur son corps. Elle descendait au plus profond d'elle-même, là où sourd la vie, pour y puiser la force de rejoindre le chant et de le faire naître. Ainsi recueillie, à l'écoute des sons et de la mélodie à venir, la chanteuse devenait à elle-même son temple. Elle releva enfin les paupières, son visage portait le masque de Norma, décidé à vaincre pour que triomphe la flamboyance de sa voix. Les trois hommes se levèrent sans même avoir conscience de leur geste.

Dès les premières notes, le timbre au cristal si pur imposa sa puissance, déployant sans effort apparent sa longue ondulation profonde et colorée. La cantatrice, soucieuse de restituer à l'aria son contexte dramatique, chanta le récitatif avant *Casta Diva*.

Vestale gauloise, Norma craint le conflit menaçant son peuple et son amant, proconsul romain dont elle a deux enfants tenus secrets. Elle interdit la guerre, les paroles séditieuses et enjoint aux Gaulois le respect d'un destin dont elle sait les auspices. La prêtresse gronde, menace et sa ferveur emporte sa voix jusqu'aux dernières notes avant la prière. L'angoisse de l'amoureuse et l'autorité de la druidesse se mêlent puis se réconcilient en une ode à la paix. Elle prophétise la chute de Rome qui succombera seule à sa propre grandeur, à l'excès de ses vices et de ses ambitions.

Dans le bleu si net du ciel matinal, la voix s'appropriait l'espace, édifiant l'architecture de son chant. Éléonore, les cheveux emperlés par la brume montant de Niagara, dressait l'ogive de sa mélodie. Derrière elle, rien de l'appareil touristique de Niagara n'était visible : on ne voyait que l'îlot où se posent les oiseaux juste avant la rupture des eaux. Seule actrice de cet improbable théâtre la soprano était pâle, pâle de l'effort fourni et qu'il faudrait maintenir. Elle regardait les trois hommes sans les voir, et la blancheur descendait sur elle comme un fard appelé par la solennité de l'heure.

A capella, elle commença *Casta Diva*, la cavatine

vénérée par Chopin et dont Wagner eût tant aimé être l'auteur. À l'envol de la première note, Éléonore découvrit à nouveau son timbre grave et chaud, promesse d'une douceur sans faiblesse. Sa voix ambrée portait si haut la suavité de ses aigus que chacun eut alors le sentiment d'un accomplissement de l'art. Le chant s'élevait, pur, hiératique, ruisselant de ses vocalises chromatiques, et mêlant à l'ineffable douceur de la mélodie une émotion venue du plus profond du cœur.

Sans efforts apparents, la cantatrice éployait sa voix par-delà le fracas des chutes, délivrée, comme la prêtresse, de la tyrannie du corps et des hommes.

Chaste déesse qui argente ces plantes sacrées, tourne vers nous ton beau visage sans nuages et sans voiles.

La mélodie se développait suivant une ligne vocale qui montait, descendait, s'attardait, chaque note en appelant une autre ; le chant devenait désir, douleur et jouissance mélangés. Éléonore vocalisait avec le sentiment suffoquant d'une allégresse inconnue ; inconsciente du danger, ses ressources vocales lui semblaient sans limites. Son défi d'hier se transformait en un don d'elle-même délivrant une énergie enivrante. Jamais elle n'avait éprouvé ce vertige de dépassement de soi, cette griserie si proche de l'extase.

Tristan songeait au péril du timbre qui se brise, à la cassure, à la tessiture si basse de ce rôle, mais la folie le gagnait, lui aussi, le besoin impérieux de suivre le chant jusqu'à l'acmé de sa puissance au risque de le détruire.

Parvenue aux notes les plus hautes de *Casta Diva*,

la voix ne sembla plus soumise à la chair, mais emportée par l'envol lyrique. Rayonnante, incantatoire, elle projetait au-dessus de Niagara l'arche vocale de sa prière.

Éléonore leva lentement les mains et dénoua son écharpe ; le tissu glissa sur ses épaules et enveloppa ses bras tendus devant elle en un geste d'offrande. Elle recherchait moins la théâtralité d'un effet scénique que le besoin de libérer le corps. Le temps semblait suspendu ; les trois hommes, éblouis, recevaient l'aria comme un bonheur et, en même temps, tel l'apaisement d'une souffrance dont ils n'auraient pas eu conscience. C'était la révélation d'un pur moment de beauté, quelque chose qui ne reviendrait plus.

Les larmes coulaient doucement sur les joues de Tristan. La voix d'Éléonore s'était enrichie, gagnant un médium long sans rien perdre de ses aigus. Elle savait glisser d'un registre suave, intimiste, à l'émission de notes aiguës, jetées sans appui, faisant flamber toutes les couleurs du prisme. Le pianiste sut qu'il n'abandonnerait jamais plus ce chant, son bien, sa vie confisqués dans la gorge d'une femme ; il le gouvernerait, le posséderait, au péril de se perdre ou de le ruiner : il lui ferait affronter les rôles les plus difficiles et périlleux pour la voix, Abigaille, Turandot, Isolde, Brunnehilde, peut-être, et Salomé jusqu'à l'épuisement de sa lumière et de ses forces. C'était son unique désir, il s'y adonnerait avec l'innocence seconde de ceux qui veulent tout ignorer et du bien et du mal : seuls comptaient ces frissons et cette ardeur que la voix dardait en lui, déchaînant le vœu capiteux de s'abîmer en elle. Oublieux des raisons de son renoncement d'autrefois, il se laissait aller à la volupté de l'abandon où il semble que l'on se quitte pour mieux se retrouver soi-même. Il n'y avait plus de doute, seulement l'évidence d'une nécessité. À Niagara, comme à Nice, Tristan retrouvait cet appel du destin que connaissent les héros de tragédie quand tout se décide et les emporte. Le plaisir vocal de son enfance revivait à nouveau, ce passé si fort qu'il n'avait jamais attendu de l'avenir autre chose que sa répétition.

Éléonore chantait toujours, et la démesure de sa gageure rejoignait la démence de Niagara. Au-dessus d'elle, les solfatares humides montés du gouffre la couronnaient. Chaque note semblait s'élever au firmament de la musique. Exaltée, la cantatrice sentait son corps trop vivant, son âme trop ailée, et sa joie assez puissante pour capter l'univers. Comme la Pasta qui, jadis, créa le rôle, elle éprouvait la caresse du phrasé, la volupté de la mélodie de Bellini. Elle avait oublié le besoin de reconnaissance qui l'avait poussée à ce pari et jouissait de sa voix comme seuls les chanteurs et les comédiens peuvent le faire. Telle la colonne du cantique, une tension la dressait, et son chant planait au-dessus du gouffre.

Julien songea soudain à Philippe Petit, le funambule, qui tendit son câble entre les deux tours de Notre-Dame, à Paris, entre celles du World Trade Center, à New York, ou entre les pylônes de Harbour Bridge, à Sidney. Pour la seule beauté du geste, pour le panache, insoucieux de gloire ou d'argent, il risqua sa vie pour sublimer la marche comme la cantatrice exposait sa voix. Le jongleur avait souhaité défier l'abîme au-dessus de Niagara. L'avait-il fait ? Julien n'en savait rien. Il l'espérait, rêvant à ce duo fantastique : l'homme aux pas si lents, si somptueusement humains, se découpant sur le ciel vide au-dessus de la chanteuse à la voix divine, aérienne, traçant ses arabesques dans l'espace nu.

Beaucoup plus tard, quand les Twins, empennées de fer, de feu et de haine, eurent craqué et fondu en une monstrueuse coulée de mort, Julien se souvint de l'extravagance du funambule et de la cantatrice. Il vit les tours percées tel un homme qui, un javelot fiché dans le dos, reste debout un instant encore, puis s'effondre, le corps brisé. Aux images télévisées, contemplées sans y croire, dans le désespoir du déni, il ne trouva alors secours qu'en la mémoire de la prouesse de la chanteuse et du bateleur. Durant des mois, des hommes avaient programmé une œuvre de mort, une parodie de sacrifice dont le recours à la technologie exacerbait la barbarie. À tant d'horreur et de violence, Julien opposa alors, tel un exorcisme, le souvenir de la souveraine élégance du saltimbanque et de la diva, risquant l'un sa vie, l'autre sa voix pour le seul amour de leur art.

Éléonore parvenait à la fin de la cavatine, connaissant toujours cet enfantement mutuel de l'exultation et de la maîtrise. Elle avait oublié le désir de fasciner Julien, de ravir son père et d'impressionner son ancien professeur. Julien avait compris le pari de son amie et la mutation d'une gageure en un pur chef d'œuvre, mais il ne savait rien des périls encourus par la voix. Éléonore était la première femme à l'avoir si longtemps retenu. Il ne souhaitait pas vivre avec elle, répugnant au partage des tâches, du temps, des objets, à tout ce qui transformait, pour lui, la rencontre amoureuse en une construction ménagère. À Madrid la cantatrice, exposée si jeune à la clarté de la scène, avait flatté son goût pour le théâtre, sa manie de chercher en des femmes l'écho d'une œuvre d'art. Il voulait voir en elle les reflets d'une toile de Whistler, de Giotto ou de Botticelli, au gré de ses fantasmes esthétiques ou érotiques. Éléonore l'avait entraîné dans un carrousel de figures ; elle avait été Lucia, Tatiana, Mimi, Amélia, Anna ou tant d'autres, le menant en Écosse, en Russie, au creux de la bohème parisienne, dans les tourments d'un bal masqué, ou soumise à la crainte fascinée d'un séducteur. Il s'éprenait chaque fois d'une femme nouvelle, témoignant à son amie une sorte de fidélité volage dont elle avait prescience. Il aimait assister aux dernières répétitions en costumes de scène. Peu sensible à la musique, mais avec le culte de la beauté plastique, il suggérait tel geste ou attitude propre à mettre en valeur le corps ou à évoquer une scène célèbre. Les metteurs en scène se montraient réceptifs à ses suggestions. Autrefois, Julien eût certainement aimé composer des tableaux vivants sur le parvis des cathédrales.

Ce jour-là, devant l'écume montée de Niagara, Éléonore incarna pour son amant la féminité même. Son chant dominait le grondement de fin du monde, comme si l'éternel conflit entre beauté de l'art et beauté de la nature était résolu. Julien ne l'avait jamais tant aimée et ne l'aimerait plus jamais autant. Il le savait, et, de tant de fastes et de splendeurs, faisait un adieu nostalgique. Il avait séduit d'autres femmes, délaissées sitôt conquises. Les prestiges du théâtre avaient préservé l'attrait d'Éléonore conservant son mystère. L'opéra incarnerait en elle d'autres héroïnes, la cruauté d'une princesse chinoise, le désespoir de Kundry la pécheresse, ou l'enfant monstrueuse baisant les lèvres exsangues de saint Jean. Toutes attarderaient Julien près d'elle, le fascinant encore, mais ce serait comparable à une valse qui s'achève en un rythme plus lent, avant que le couple ne se sépare.

Captivé par son visage, il n'écoutait plus vraiment Éléonore. À bout de résistance, elle insufflait à la cadence finale une beauté bouleversante : *Répands sur la terre cette paix que tu fais régner au ciel.*

Quand le chant se tut, les trois hommes demeurèrent immobiles en une attente qui ne renonçait pas. Ils avaient le sentiment d'une étrange aphonie du monde, comme si Niagara lui-même s'était apaisé. Éléonore, épuisée, le visage un peu hagard, vacillait sous la houle d'une immense fatigue. Julien, Luc et Tristan s'approchèrent d'elle en silence, intuitivement convaincus de l'indigence de tout éloge. La jeune femme le comprit, et ils allèrent s'asseoir sans un mot dans un jardin près du fleuve. Elle avait soudain très froid. Julien l'enveloppa dans sa veste. L'air vibrait de la senteur des fleurs, les oiseaux s'envolaient puis se rabattaient dans le feuillage des arbres bruissant du froissement de leurs ailes. Tous quatre succombaient à cette tristesse un peu égarée qui suit un moment d'exception.

Un peu à l'écart d'Éléonore entourée de Luc et de Julien, Tristan, étourdi, se sentait seul et lourd, chu d'une extase dont il voulait éperdument le retour. Il se souvint des religieux en prière de Montserrat, ce monastère au-dessus de Barcelone où, enfant, il avait chanté parmi les *escuolans* ; il était comme ces moines, tremblant de désir pour une divinité, mais la sienne, indifférente à ses transes, le laissait assoiffé de sa déchirante beauté.

Les touristes, enfin sortis de leurs motels, commençaient à gagner les chutes et les attractions proposées. Éléonore, Julien, Luc et Tristan se levèrent, conscients des liens complexes qu'avait tissés entre eux le chant de la cantatrice. Ils se sentaient liés, sans bien le comprendre, inclus dans une histoire qui les concernait tous. Désormais, ils allaient serrer leurs rôles de plus près, selon un texte écrit pour eux, suivant l'apparente nécessité née d'un récit dont on dévoile le sens après les faits.

Mon amour est comme un fiévreux que seul apaise
Le poison qui nourrit son mal et dont il meurt
Mon sens comme celui d'un tel que folie lèse
N'exprime plus qu'injuste et très vaine fureur.
(...)
J'ai les yeux de l'amour qui sont troubles d'émoi
De veilles et de pleurs et des maux qu'il endure.

Apollinaire, *Le Guetteur mélancolique*, « Le Son du cor »

Chapitre 8

La nuit lavée par le vent d'ouest était claire, odorante. Étendu sur le sol, vide de toute pensée, étrangement heureux, Tristan absolvait la vie. Il était sorti dans le jardin, avait traversé la route et s'était allongé sur la plage. Depuis, il regardait le ciel frémissant d'étoiles.

Éléonore était arrivée le matin dans la maison qu'il possédait en Bretagne sur la Côte Sauvage. Ils avaient parlé de concerts, de programmes et de travail toute la journée. La cantatrice dormait, à présent, et sa voix était là, tout près, disponible, captive, prisonnière dans une chambre. Tristan serait à nouveau son professeur et son imprésario : Jean Roger avait généreusement cédé le dossier et ses droits. Le bien-être coulait de la nuit comme une eau fraîche. Le corps pesant sur le sable, Tristan confondait le rythme du ressac tout proche et les pulsations de son cœur. Il se sentait emporté par le mouvement de la terre comme si sa rotation lui était devenue sensible. Il éprouvait et partageait une harmonie du monde, s'y abandonnait étourdi par le poudroiement des étoiles, tout était bien.

Éléonore n'avait pas chanté ce jour-là. Venue pour travailler un mois auprès de son professeur, l'âpreté de la côte et l'inconfort de la maison trapue sur la dune l'avaient rebutée. L'aide de Tristan lui était pourtant indispensable pour parfaire son répertoire ancien et aborder des rôles plus modernes. Julien, Luc, la critique, son propre jugement l'avaient convaincue de s'en remettre à nouveau à l'autorité pesante de ce maître génial et bizarre.

Mais, pour Tristan, peu importait la diva, si sa voix lui était rendue. Il sentait à nouveau sourdre en lui le désir de mordre à la vie. Avec une sorte d'ivresse, il se laissait glisser vers un monde où devient naturel ce qui, pour d'autres, est délire. Les souvenirs, les attentes le berçaient, comme une mélopée silencieuse déroulée au fil de la nuit.

« Au marché aux fleurs de Nice, la voix, foisonnante d'or et de graviers, retentit pour la première fois... Je l'ai prise, façonnée comme un sculpteur dégrossit le marbre, dégage la forme pure et polit la finesse de son grain. Patiemment, je l'ai dégagée de sa gangue et l'ai gardée, longtemps, jaloux comme un barbon de sa pupille. La laisser entendre me semblait intolérable, il l'a fallu, pourtant. Ah ! comme ils furent beaux ces premiers récitals... Mes mains sur le clavier faisaient s'élever le timbre comme un vol d'hirondelles. Il remplissait la salle de sa lumière, et je le suivais, l'épousais, le devançais, parfois, pour recueillir ses dernières notes, le reprendre. Mais toujours la crainte de le perdre... Éléonore menaça de me quitter si je refusais plus longtemps les offres de concert avec orchestre et l'opéra. Ce fut alors *Lucia*. L'émerveillement des vocalises fougueuses, ardentes, hallucinées. Puis le spectacle... Pourquoi ai-je cru à la trahison, au déchirement ? J'ai renoncé à la voix par peur de devenir fou. Marie, Gina, ma propre douleur me convainquaient de perversion ; on peut aimer une voix, non s'en éprendre, en être malade d'amour. Absurde raison ! Rendez-moi ma folie, ma foi en la vie, j'accepte les larmes pourvu que la joie me soit parfois rendue. C'est en quittant la voix que je suis devenu fou, étranger à moi-même, crevant de misère et d'ennui. Sans moi, elle est un violon sans âme, elle s'oxyde, comme un métal dont on polit mal le brillant. À Niagara, il m'a semblé renaître.

« Oh comme j'ai craint qu'elle ne m'échappe encore ! Ils sont pourtant venus tous les trois, la cantatrice, le père et l'amant, me prier de leur accorder mon vœu le plus cher...

« Elle repose à présent dans ma maison hideuse que j'aime tant ; elle dort comme une couleuvre sous une pierre chaude au creux de la gorge d'Éléonore ; elle est là, ferrée comme un poisson, une jolie carpe fluide tenue au bout de mon fil. Demain nous travaillerons, ce que je voudrai, non, ce qu'elle voudra, peu importe ; nous voyagerons à travers les partitions et les compositeurs.

« Peut-être suis-je malade, après tout, dément. Gina le craignait. Je me souviens de ce jour où, si frêle, avec ses beaux yeux gris, elle m'a comparé à

Pygmalion amoureux de la statue qu'il avait sculptée. À Narcisse, aussi, adorant son visage miré sans fin dans l'étang jusqu'à en mourir de solitude et de faim ; l'eau n'y pouvait rien, à moins qu'elle n'idolâtrât aussi son reflet dans les yeux de Narcisse. Gina, j'ai voulu t'apaiser, te rassurer, embrasser ton front dont la moiteur me fit fondre de pitié. Tu t'es débattue, tu allais mourir et tu avais peur pour moi. Je t'ai rabrouée et de petites larmes piquantes montèrent à tes paupières. Mais tu avais raison. La voix est ma sans pareille et mon double, mon autre unique et tout semblable à moi. Je ne l'aurais pas connue si la mienne n'était perdue. Elle est mon écho, mon œuvre et tout mon amour.

« J'y avais renoncé, je ne veux plus savoir pourquoi, mais je suis heureux. Gina, ma douce, je suis heureux même si je te pleure. Je te pleurerai toujours mais sans ces élancements de douleur de ton absence, ce terrible vide de toi que je n'osais regarder. Oh tes fous rires quand je secouais ma tête de six ans pour des effets de vibrato qui se terminaient en pneu dégonflé ! Oh, Gina... Je ne peux pas vivre sans ce timbre, tu comprends ? Il est à moi, elle me le doit.

« Les opéras sont pleins de gens épris de chanteurs. Ils collectionnent les disques, piratent les concerts, enregistrent toutes les émissions... Moi j'ai formé la voix que j'adore, je ne suis pas plus bizarre qu'eux. Et puis ça m'est égal.

« Elle chantera Tosca, Turandot, Abigaille, Isolde et même Salomé et Lulu. Mélisande penchée sur l'eau de la fontaine, elle cherchera son anneau d'or, l'amour de Brunnehilde et le repentir de Kundry. Elle pourra tout, ma folle, ma divine, ma flamboyante qui dominait Niagara. Je veux découvrir ses aigus les plus lointains et la suivre aux confins de ses graves. Je la jetterai dans les fureurs et les extases de Puccini, les flammes et les glaces de Strauss ; elle boira à toutes les coupes des opéras wagnériens, et Berg la transira. Je l'accompagnerai, la soutiendrai, elle se brisera, peut-être, mais après m'avoir tout donné jusqu'à rejoindre la nuit de ma voix, toutes deux confondues. »

Abîmé dans la douceur du consentement, Tristan dériva au travers de la nuit.

Bue par l'océan, la nuit se retira lentement. Quand le soleil apparut au ras de l'eau, Tristan se leva, offert à la douceur de ce matin plus jeune qu'aucun de ceux qu'il avait connus.

Derrière la route, masquée par les pins, la maison dormait encore dans la pénombre verdie par le début de clarté tombant des arbres.

La mer était basse ; Tristan aimait ce moment d'intimité troublante avec la plage. La grève laissée nue par le jusant ressemblait à une peau offerte à toutes les blessures. Sous ses pas, au creux du sable gorgé d'eau saline, la vie palpitait en un grouillement souterrain. Des lançons argentés s'enfouissaient, protégeant leur vie, glissant entre les doigts de Tristan qui fouaillaient la vase ; il cherchait les palourdes et les télines dont il aimait manger la chair vive. Il se tenait seul sur le sol élastique et froid comme un grand corps marin pleurant le flot. Sur les rochers, la vulnérabilité des mollusques acharnés à survivre aux marées l'émouvait. Ses mains caressaient ou tourmentaient les anémones au camouflage de gemme ou de pierre ; il en palpait la douceur charnue à la fragilité de muqueuse. L'actinie ouvrait sa bouche étrange frangée de filaments rose ou orange, happait un doigt au creux d'une écœurante mollesse, puis se révulsait, retrouvant une immobilité minérale. Les étrilles, les troques, oubliés dans les flaques, les algues subiraient l'abrasion du vent, la brûlure du soleil ou l'acidité des pluies blessant ces fonds marins brutalement découverts. On eût dit que la lais frissonnait, cruellement dénudée.

Quand Tristan rentra, sous les arbres courbés par le vent d'ouest, la maison baignait dans une clarté d'aquarium.

Éléonore était levée, prête à travailler dans la pièce commune ; c'était une salle austère, meublée seulement d'un piano jonché de partitions, d'une bibliothèque aux livres en désordre, d'un vaste sofa et d'une table. Tristan y avait déposé un cahier pour noter les programmes de travail et de concert.

La jeune femme lui chanta ce qu'elle avait travaillé sans lui, du *bel canto*, mais aussi des œuvres plus modernes et dramatiques qui l'enthousiasmaient. Elle y dévoilait une personnalité inconnue, masquée jusqu'alors par le style élégiaque de ses héroïnes. De Turandot, la princesse chinoise, elle interpréta les airs d'une ineffable douceur coupés de vociférations surhumaines, puis fit gémir, crier, feuler Floria Tosca. Sa voix devait être éduquée à ce style nouveau, mais elle manifestait une résistance emportant tout appel à la prudence. Éléonore brûlait d'un feu intérieur, exigeait d'interpréter ces rôles ardus qui sacrifièrent bien des contre-notes chez d'autres chanteuses. Le Metropolitan Opera de New York lui avait déjà fait des offres pour *Turandot*. Tristan consentit à ces désirs si proches de ses propres fantasmes, et la soprano se jeta à corps perdu dans le travail ; elle avait hâte d'assimiler les leçons et de regagner une indépendance prématurément acquise autrefois. L'isolement sur la côte bretonne rendait plus pénible encore l'autorité de Tristan, et la jeune femme, peu férue d'écriture pourtant, s'en plaignait à Julien.

« Mon amour,

« que j'écrive est surprenant mais c'est une tâche de prisonnière. Tristan n'a pas le téléphone, mon portable fonctionne mal dans ce trou perdu, et tu es si difficile à joindre que je renonce aux allers-retours vers la lointaine cabine !

« Je suppose qu'il faudra donner cette lettre à un boucher ou un boulanger ambulant. J'exagère à peine ! Ici, il n'y a qu'un vélo pourri réservé à l'usage des courses. Peut-être la Côte Sauvage me plairait-elle avec toi, mais enfermée avec Tristan, j'ai l'impression de vivre les *Hauts de Hurle-vent*. D'ailleurs rien ne peut me plaire, tu me manques trop. Les soirées surtout, et les nuits sont horribles, je me dessèche sans toi.

« Tout va au-delà de mes craintes et de mes espoirs.

« Le pire, c'est la maison, un fortin, plutôt, accroché comme une tique monstrueuse à la dune. Un bloc en pierres épaisses, gris sale, avec une porte et des volets métalliques comme un coffre-fort. Tout est carré, massif, sauf un hublot au grenier, l'œil du cyclope ! D'après Tristan, qui a acheté la chose au fou qui l'a construite, le piano résiste à la corrosion marine grâce à l'effet blockhaus. Pour ma part, je ne garantis rien ! Pas loin, il y a de charmantes villas bretonnes, c'est bien ma veine ! Quand mon geôlier m'a proposé de m'héberger en raison de l'éloignement du Croizic, nous trouvions cela raisonnable, tu t'en souviens ? C'est invivable ! Je crois que je vais louer une voiture et une chambre à l'hôtel.

« Je sais, tu vas encore penser que je ne bougerai pas à moins d'y être contrainte... Mais je voudrais l'être par ta venue ! Viens, je t'en prie. Nous irons essayer les restaurants de la côte, j'ai envie de fruits de mer servis au soleil. Tristan cuisine atrocement mal, vidant méthodiquement le contenu d'un énorme congélateur dans un micro-ondes de belle taille, sans oublier ses poncifs habituels sur le régime des chanteurs.

« Quant au meilleur... Tristan est un professeur toujours aussi génial. Avec lui, tout devient clair et dense à la fois, la technique comme la lecture ou l'interprétation. On dirait qu'il connaît mieux ma voix que moi-même, j'en suis presque gênée... Je fais d'énormes progrès, mais, cela va te sembler stupide, j'ai parfois l'impression d'avoir la voix cambriolée tant il s'intéresse à mon chant tout en m'ignorant moi-même. Quand il m'indique comment respirer, placer une cadence, on dirait qu'il s'adresse à quelqu'un d'autre.

« Ça doit être la fatigue ou l'air marin, mais Julien, mon amour, j'étouffe, occupe-toi de moi, écris-moi, viens ! Pourquoi est-ce toi que j'aime et qui me négliges alors que ma concierge doit encore ronchonner devant l'amas de déclarations d'amour qui coincent ma boîte aux lettres. Ne me dis pas benoîtement "tu sais bien que je t'aime", ça m'énerve ! Bien sûr que je ne le sais pas si tu ne me le répètes pas, et même alors je doute. Si tu viens ce week-end, tu pourras peut-être m'aider à limiter les ambitions de Tristan : il projette de demeurer à jamais mon agent, mon professeur et mon directeur artistique, j'allais dire de conscience. Je veux un contrat bien défini dans le temps et renouvelable après accord des deux parties. Tu viendras, n'est-ce pas ?

« Je ne te raconte pas mes projets d'opéra, ça t'ennuie.

« Julien, j'aime mieux te l'écrire, au téléphone, je n'ose pas, et près de toi, j'ai peur de tout gâcher. J'aimerais tellement que nous vivions ensemble. J'ai tant besoin de toi, de nuits avec toi, de tes mains sur moi. Je ne te parle pas de mariage, ni ne veux être infirmière, ménagère ou mégère, tout ce qui pour toi évoque l'épouse ; seulement être près de toi, compter pour toi et sur toi. De grandes années commencent. Geisha, impératrice de Chine, esclave babylonienne, cantatrice romaine, reine de Cornouailles, déesse, je serai toutes ces femmes. Laisse-moi revenir près de toi, chez nous, poser mes masques et te donner mon vrai visage. S'il te plaît, penses-y.

« Décidément je n'aime pas écrire, et sans ton regard c'est trop dur de te parler. Je vais travailler Turandot. M'aimeras-tu avec les cheveux noirs, les yeux bridés et des protège-ongles démesurés ?

« Raconte-moi ce que tu fais, ce que tu lis, qui tu vois, même si ça me rend jalouse. J'ai beaucoup d'autres choses à te dire, mais si au lieu de te troubler je te faisais rire…

« À bientôt mon amour…

« Je t'aime si fort.

« Éléonore

« P.S. : Tristan a invité ta sœur ou elle s'est invitée, je ne sais pas. Enceinte jusqu'aux yeux, elle ne tiendra peut-être pas dans le rabicoin qui lui servira de chambre. Elle remonte vers le nord pour accoucher entre la fin de son année sabbatique, le début de son congé de maternité, et la reprise de ses cours. Tu vas être oncle ! Ça te va mal ! »

Julien ne vint pas immédiatement, aussi Éléonore négocia-t-elle seule son contrat avec Tristan, âprement. Le désir de la cantatrice le blessa telle une menace pour son bonheur. Il acquiesça de peur de perdre la voix, mais renonça tout à fait, sans même le décider, au souci de la préserver dans la durée. Éléonore, elle, ignorait la prudence, et se sentait capable d'escalader les registres extrêmes, voulait tout oser, défier. Ils travaillaient intensément, sans précaution, expérimentant souvent ces effets expressifs qui, exigeant des sons très ouverts et vocalement fatigants, sont généralement réservés au spectacle. La visite de Marie ne troubla pas leur étude ; elle aimait la Bretagne et se promenait de son air comblé, venant parfois discrètement écouter la chanteuse. En fin de grossesse, elle avait cette expression habitée, cette concentration intérieure des femmes enceintes plongées dans un dialogue muet de poupée gigogne. Beaucoup de plages de cette côte hachée de criques par les rochers sont peu fréquentées tant l'accès à la mer y est malaisé à marée basse. Marie passait des journées délicieuses à lire ou à se reposer sur le sable. Les repas, en revanche, étaient mornes ; nul n'avait envie de cuisiner et les pâtes, favorables au régime vocal, envahissaient les menus. Tristan et Éléonore qui, ensemble, ne parlaient guère que de musique, l'évitèrent par courtoisie envers leur visiteuse, et la conversation languissait. Confite en son rôle de diva, Éléonore intimidait Marie et jalousait son passé fraternel avec Julien. Le soir, chacun se retirait tôt.

Marie et Tristan durent attendre une insomnie commune pour retrouver leur vieille intimité. Ils se rencontrèrent une nuit dans la cuisine où Tristan mélangeait avec un soin maniaque des herbes séchées avant de les ébouillanter.

« Comment, tu es enceinte et noctambule ? Je croyais que ton bébé incorporé engendrait une fatigue et des roupillons continuels !

– Fatigue, oui, mais rien ne me fera gagner un sommeil régulier. J'ai dormi la nuit dernière, c'est fichu pour celle-ci. Tu me donneras bien un peu de ta tisane ? »

Ils s'installèrent avec la jubilation de deux insomniaques veillant ensemble quand le reste du monde a sombré dans l'oubli.

« Tu l'aimes, toi, ma maison ?

– Ta casemate de surface ? Elle est aussi laide et attachante qu'un bull-terrier. J'adorerais m'y tapir pendant une tempête. Éléonore la déteste, je suppose ?

– Évidemment !

– Mais pourquoi as-tu ce comportement bizarre avec elle ? Je m'inquiète, tu sais ! Tu étais prudent, autrefois, or, je n'y connais pas grand-chose, mais il me semble que tu lui fais chanter des airs terribles. J'ai parcouru votre programme, tu ne crains pas qu'elle y laisse des lambeaux de sa voix ? Pourquoi aller si vite, ne pas attendre la maturation du timbre ?

– C'est sa volonté ! Elle commande et j'obéis. Elle paye, même. Nous devons signer un contrat en bonne et due forme.

– Tu me prends pour une idiote ? Ne parle pas si tu ne veux rien me dire, mais ne fuis pas. J'étais là le jour de *Lucia*, je te vois accompagner Éléonore, tu as une passion presque ogresque pour sa voix. J'ai peur que tu ne l'abîmes ou que tu ne te détruises. Gina était soucieuse, elle aussi.

– Un ogre ! J'ai une réputation d'accompagnateur respectueux du style des chanteuses. Les ogres, aveugles, dévorent tout ce qu'on leur jette, des pierres en place d'enfants ou leurs filles au lieu de garçons dodus. Moi je féconde la voix que j'ai fait naître, je lui fais plus d'opéras que tu ne feras jamais d'enfants. En outre, Éléonore elle-même a voulu retravailler avec moi…

« J'ajoute que les ogres sont gras et sanguins, et moi tout rabougri à l'ombre de la sirène !

– J'ai peur quand même…

– C'est ton état ! Tu n'apprécies même plus mes images. L'ombre d'une sirène, c'est pourtant joli ! En Inde, les femmes évitent de marcher sur l'ombre d'un homme de peur de concevoir un enfant à son image. L'ombre est âme et donne la vie. Et puis procrée à ta façon et laisse-moi vivre dans mon monde plus beau que le réel. On verra plus tard.

– Plus tard, plus tard, et si tu abîmes la voix ou si ta vie devient insupportable comme à l'époque de *Lucia* ?

– Petite sœur, tu n'as pas perdu ta manie, sans doute féminine, de débusquer les hommes de leurs confortables remises d'effort ou de réflexion.

– Vieux cliché ! Pas faux, d'ailleurs. Les femmes demandent, les hommes temporisent "plus tard, plus tard", mais quand ils se décident enfin, elles répondent souvent "trop tard". À propos de femmes, si tu avais des amours moins vocales, plus charnelles et incarnées ?

– Pas envie !

– Pourquoi ?

– C'est décevant, et puis même les amours physiques ne trouvent en moi qu'une ombre.

– Comment ça ? Essaie de m'expliquer pour une fois !

– Non… Ou alors trois vieilles histoires en forme de devinette, la charade de mes conquêtes. Un conte pour te bercer avant d'aller dormir, comme chez Gina quand tu étais petite…

« Ma première m'a pris pour l'ombre d'un génie.

« Ma seconde m'a confondu avec l'ombre d'un autre.

« Ma troisième n'était que l'ombre d'un souvenir.

« Et mon ombre féconde mon tout.

– Rien compris ! Ta première ?

– Clémentine… C'était une étudiante à lunettes en deuxième année de musicologie ; pas jolie, extrêmement timide, révérant l'intelligence et l'autorité.

J'avais vingt-deux ans, et je lui donnais des cours de piano, de solfège et d'harmonie, avec plaisir, d'ailleurs. Auprès d'elle, je n'étais ni gauche ni inhibé tant elle occupait massivement ce créneau. J'étais même protecteur, gentil, voire brillant. Elle m'admirait.

– Oh ?

– Si, vraiment. Elle avait des goûts musicaux et littéraires bizarres. Kierkegaard et Strauss lui étaient haïssables, mais elle admirait Sartre et Ravel. J'ai fini par comprendre qu'elle vouait un culte aux hommes intelligents et laids. Tu comprends, la beauté masculine agrémentée d'un cerveau lui semblait inabordable, aussi jugeait-elle sagement ses détenteurs mufles et vulgaires. Je remplissais les conditions souhaitées du laid ténébreux et elle s'éprit de moi dans une débauche de fausses notes.

– Et toi ?

– Moi je voulais surtout perdre mon innocence souillée déjà par une obsession sexuelle pubertaire et persistante. Elle n'était pas plus avertie que moi, d'ailleurs.

– Et alors ?

– Oh, ce fut un mélange d'initiation tribale, de désaveu de toute géométrie dans l'espace et de parcours de *marine* en fin d'entraînement. Chacun y a laissé son pucelage à l'arraché... Le lendemain, elle se mettait au violoncelle.

– Et ta seconde ?

– La belle Charlotte, délurée, amoureuse et ivre morte, il y a un rapport. Je l'ai rencontrée à une soirée très arrosée. Son ami et moi avions joué du piano à quatre mains. Elle avait enlevé ses lentilles en raison de la fumée irritante pour ses yeux, aussi sa myopie, l'alcool et son ardeur lui firent-elle confondre les pianistes. J'ai cru à ma chance jusqu'au petit matin. Alors, dégrisé, je l'ai quittée avant son réveil.

– Parti comme une ombre ?

– Évidemment !

« Ma troisième, l'ombre de mon souvenir, c'est très différent...

« Je t'ai déjà parlé, j'en suis sûr, de ce restaurant qui engage des musiciens pour des concerts glissés entre le dîner et le souper. Je jouais je ne sais plus quelle œuvre pour flûte et piano. La flûtiste était sympathique, un peu massive, mais jolie. J'avais l'impression de la connaître et le lui ai dit bêtement ; elle m'a regardé avec beaucoup de gentillesse. Après le récital, elle m'a invité à boire un verre chez elle, mais sans me laisser la draguer. C'était étrange et formidable à la fois. Son studio était joli avec beaucoup d'instruments de musique et d'anciens tissus brochés ; aux murs, il y avait quelques photos. Avec un drôle de sourire, les yeux brillants entre le rire et les larmes, elle m'en a montré une. J'étais dessus, à treize ans, au premier plan, en soliste, c'était à un concert en Allemagne. Derrière moi, il y avait un garçon un peu plus âgé dont je me souvenais très bien. Il s'appelait Dominique ; nous avions commencé d'être amis, mais il était parti de la chorale du jour au lendemain, sans donner d'explications. J'en avais souffert. Je me suis retourné, Dominique était là, semblable et différent à la fois, avec, au fond du regard, une sorte de désespoir ou de provocation triste et déjà résignée. Il attendait, enfin elle espérait. J'ai éprouvé une impression de vide nauséeux, presque de panique, et je suis parti sans finir mon verre. J'en ai honte, aujourd'hui.

« Avec mon tout, tu le sais, je suis l'ombre d'une voix.

« Bon.... Parlons d'autre chose, tu n'en sauras pas plus, le charme est rompu. Et laisse Éléonore qui fait partie du ronflant troupeau des bienheureux dormeurs. Inutile de t'inquiéter pour elle. Au fait, le futur père, il dort toujours bien, lui ?

– Terriblement, oui. En plus, il prétend ne pas rêver ! Tu te souviens comme nous aimions nous raconter nos rêves pendant la maladie de Gina ? C'était une sorte de conjuration face à la peur de la mort.

– Tu fais toujours des cauchemars ?

– Moins depuis que je suis enceinte. Et toi ?

– Tout le temps.

– Raconte-moi, comme autrefois.

– Celui de la nuit dernière, alors.

« Je suis au milieu d'un marais, ma mère me tient par la main, nous sommes seuls. Curieusement le sol devient élastique sous nos pas et nous faisons lever une compagnie de flamands roses. C'est superbe, mais j'ai peur, terriblement peur. Le ciel devient rose et orange comme un couchant bruissant de battements d'ailes. Les oiseaux ne partent pas et l'air vibre de plus en plus. On ne distingue rien de leur corps, seulement une couleur saturée qui enveloppe et suffoque. Je me tourne vers ma mère et l'appelle, mais elle ne voit ni n'entend rien. Devant son visage, des serres d'oiseaux, acérées, crochues, s'écartent, ouvrant un mince couloir de ciel bleu. Elle s'en va dissimulée petit à petit par une touffeur moite qui se referme sur elle. Derrière moi, le ciel est devenu incolore, il n'y a même plus d'horizon, plus rien, et j'étouffe toujours. C'est la cordelette de mon aube qui comprime ma taille, mais je découvre alors seulement cet habit. Une voix me crie : "libère ton diaphragme", mais c'est impossible, je suis immobilisé, couché par terre et, subitement adulte, j'ai honte de mon vêtement d'enfant qui laisse dépasser mes bras et mon corps poilus. Il n'y a personne, mais je sais qu'on me regarde. Je ressens un plaisir qui se transforme en une horrible angoisse. Le marais a disparu, il n'y a plus que du vide qui dévale ou engloutit, je ne sais plus. Subitement, je me réveille. »

Tristan termina son bol de tisane et le déposa dans l'évier. Revenu s'asseoir près de Marie, il la regarda tendrement.

« Tu sais, en te quittant, à Nice, je n'aurais pas cru possible de ranimer le temps perdu en évoquant des rêves. Je suis content que tu sois venue. Tu n'as pas trop changé hormis ta débordante convexité ; il aura de la chance ton bébé. Je craignais de te retrouver repue de certitudes et…

– Ne caricature pas ! Tu devrais peindre tes cauchemars. Allons nous coucher maintenant, je suis fatiguée. Mais, Tristan, fais attention à toi. Vraiment attention ! »

Tristan retourna dans sa chambre ; couché dans la semi-obscurité, il écoutait le roulement des vagues. Cette nuit d'insomnie lui avait été douce, mais les mises en garde de Marie n'avaient rien changé à sa détermination de consentir à tous les périls plutôt que de perdre le contrôle de la voix.

Je suis la plaie et le couteau !
(...)
Et la victime et le bourreau !

Baudelaire, *Les Fleurs du Mal*,
« L'Héautontimérouménos »

Chapitre 9

Marie rompit brusquement la douceur de l'intimité renouée avec Tristan par l'annonce de son départ : elle avait pensé rester jusqu'à la fin de semaine et attendre ainsi Julien, mais Éléonore avait clairement montré son déplaisir à ce projet ; la diva avait réservé une chambre à l'hôtel afin d'être seule avec son amant et se refusait à partager sa compagnie. Peinée, Marie fit ses valises, et Tristan, tout à la magie du chant, la laissa partir sans deviner son humiliation.

Durant la brève absence de la cantatrice, il affina le programme des années à venir, une ascension vers des rôles de plus en plus ardus ; il songeait à *Lulu*, bien sûr, mais surtout à *Salomé*, un opéra spectaculaire dont la difficulté consacrerait la voix parmi les plus grandes de l'histoire de l'art lyrique. Éléonore évoquait sans cesse cette héroïne que son amant lui réclamait, impatient de la voir jouer la vierge lunaire, meurtrière du Baptiste. L'œuvre de Strauss le fascinait comme le creuset dont une femme nouvelle jaillirait encore, chanteuse, comédienne, et danseuse à la fois. Il se demandait comment son amie interpréterait cette enfant de treize ans devenue monstrueuse par la sauvagerie de son désir. Éléonore se prit à rêver aussi à la Salomé de la Bible, à celle des écrivains, des musiciens et des peintres, Titien, Memling, Lippi, Botticelli, Cranach, Moreau... Tous captivés par ce parfum d'enfance et de femme, par cette effrayante pureté que le sang du Baptiste ondoya d'une candide horreur.

Les amants se laissèrent envoûter par ce récit si troublant qu'il a franchi les siècles, énigme chuchotée qui jamais ne s'achève. Le dimanche soir, quand Julien monta dans sa voiture pour rentrer à Paris, il regarda longuement Éléonore, debout, une main sur la porte du jardin argenté par la lune. En guise d'au revoir, il prononça en souriant les paroles qui ouvrent l'opéra de Strauss et Lachmann :

Que la princesse Salomé est belle cette nuit !

Éléonore comprit que ce rôle, plus qu'aucun autre, devait séduire son amant, aussi Salomé, terrible à interpréter, hanta-t-elle ses rêves. Rares sont les cantatrices capables de chanter et de mettre en scène la danse des sept voiles ; jeune, mince et grisée par le désir de Julien, Éléonore voulut confronter son aura de vedette et d'amante à l'héroïne légendaire.

Les répliques qu'Hérode et Salomé chantent avant la danse devinrent pour la diva et son ami un leitmotiv amoureux :

– *Danse pour moi, Salomé !*

– *Que me donneras-tu, Tétrarque ?*

– *Mes paons blancs.*

Leur excitation gagnait Tristan, mais il exigea que

l'étude de ce rôle soit repoussée : Salomé manifesterait bien toutes les possibilités de la voix tant aimée, mais elle n'était pas encore prête à en supporter les terribles difficultés. La partition impose de vertigineux écarts vocaux : par deux fois son interprète doit rejoindre un *sol* grave et le projeter par-delà une fosse de cent musiciens. Wagner lui-même n'osa infliger de tels efforts à ses chanteurs, une tessiture constamment haletante mêlant au *parlando* des aigus vibrants, un lyrisme exalté, absolu, plongeant soudain dans la raucité d'une voix de gorge. La cantatrice admit le report, mais ce projet l'unit à Julien dans une complicité telle qu'ils n'en avaient jamais connue jusqu'alors. Ils en parlaient sans cesse, s'émerveillant que le bref récit de deux évangélistes ait enflammé l'imagination de tant d'artistes. Mieux que celui de saint Matthieu, ils lisaient le texte de saint Marc.

« Oui, Hérode avait envoyé saisir Iohanaân [Jean] et l'avait lié en prison, à cause d'Hérodiade, la femme de Philippos, son frère, qu'il avait épousée. Car Iohanaân disait à Hérode : "Il ne t'est pas permis d'avoir la femme de ton frère." Dès lors, Hérodiade le hait, veut le tuer, mais ne le peut : oui, Hérode frémit de Iohanaân, le sachant homme juste et consacré. Il le protège, il l'entend, fort perplexe, et se plaît à l'entendre.

« Arrive un jour propice : l'anniversaire d'Hérode. Il donne un dîner pour ses grands, pour ses officiers, pour les premiers de Galil [Galilée]. Elle entre, la fille de cette Hérodiade ; elle danse, elle plaît à Hérode et aux convives. Le roi dit à l'adolescente : "Demande-moi tout ce que tu veux, je te le donne." Et il le lui jure : "Tout ce que tu me demandes, je te le donnerai, jusqu'à la moitié de mon royaume." Elle sort et dit à sa mère : "Que demanderai-je ?" Elle dit : "La tête de Iohanaân l'immergeur [Jean le Baptiseur]". Vite, elle entre avec empressement chez le roi, demande et dit : "Je veux que tu me donnes tout de suite, sur un plat, la tête de Iohanaân l'immergeur." Et le roi en est fort peiné. À cause des serments et des convives, il ne veut pas la rejeter. Vite, le roi envoie un garde, et lui commande d'apporter sa tête. Il s'en va et le décapite dans la prison. Il apporte la tête sur un plat et la donne à l'adolescente. L'adolescente la donne à sa mère.

« Ses adeptes l'entendent [Ses disciples l'apprennent], ils viennent, prennent son corps et l'ensevelissent dans un sépulcre [1]. »

Julien rêvait à la grâce adorable de la fille d'Hérodiade, Salomé, horrible et ingénue, enjeu d'un couple ignoble, belle et pure en sa monstrueuse candeur. Mal aimée, glacée comme une étoile, enivrante, aussi, elle dansa avant que ses mains ne soutiennent l'effroyable récompense saignant sur le plat. La reine avait demandé la tête du Baptiste, formule consacrée de tout temps pour réclamer la mort ; mais la petite, simple écho de sa mère, n'entendit que la lettre du souhait et voulut un plateau pour déposer son trophée.

---

1. Évangile selon saint Marc, VI, 17-29. Traduction de André Chouraqui. Éditions Desclée de Brouwer, 1989, p. 1958. Nous avons ajouté entre crochets une traduction plus banale quand la précision du texte de André Chouraqui pouvait paraître déconcertante. Dans *Le Bouc émissaire*, chapitre 9, René Girard propose une belle interprétation de ce passage (Grasset, 1982).

L'horreur est atteinte, mais elle l'était déjà par l'offre du corps à peine pubère à la convoitise des regards. L'Orient qui voile ses femmes les dévêt dans la danse devenue prémices du don de chair. Hérodiade avait contraint Salomé à la lascivité de la danse pour obtenir vengeance, Éléonore en était convaincue malgré le silence du récit ; la fraîcheur de la princesse devait affoler le tétrarque insensible aux charmes usés de son épouse, et la mère vendit sa fille. Elle devait être si charmante l'enfant de la reine insultée, les pieds nus sur les dalles, docile et seule, si seule. À l'offre de tous les trésors du monde, elle ne sut que répondre, souhaitant seulement le désir de sa mère, son amour. Haïssable Hérodiade ! Sa fille lui abandonne la moitié d'un royaume, mais elle exige un cadavre.

Éléonore songeait surtout à la Salomé de l'opéra de Lachmann et de Strauss. L'enfant gracile y devient une vierge lunaire si violemment éprise de saint Jean qu'elle le fera tuer afin de baiser ses lèvres.

« Julien, comment expliques-tu la transformation de cette enfant ? Comment traduire la puissance de son désir pour le corps de Iokanaan, pour ses cheveux, sa bouche, mais aussi pour ce Dieu qu'il lui préfère ? Sa mère, Hérodiade, n'est plus rien dans l'opéra, une simple mégère haïssant la beauté.

– C'est toi qui devras l'expliquer. *Danse pour moi, Salomé !*

– *Que me donneras-tu, Tétrarque ?*

– *Mes paons blancs.* »

En attendant l'interprétation sur scène de Salomé, la carrière d'Éléonore la mena dans tous les pays, toutes les grandes villes. L'opéra de Strauss demeurait un but, un refrain de sa vie amoureuse, la scansion de ses efforts. Tristan l'accompagnait partout, en une collaboration si féconde que la confiance, les dons et les succès de la cantatrice s'épanouissaient. Elle étendait son répertoire, abordant des rôles de plus en plus difficiles sur scène et en enregistrements. Sacrée *prima donna assoluta*, elle souriait à ses débuts, au temps où, pour incarner une héroïne, elle revêtait parfois le costume mal adapté d'une autre chanteuse. La critique encensait le velours de sa voix infatigable, l'étendue de sa tessiture et sa musicalité. Les directeurs de théâtre appréciaient cette diva sans caprices ou exigences farfelues. La fille de Luc ne réclamait pas de loge repeinte à ses couleurs ni ne traînait de cohorte d'animaux familiers et de groupies ; attentive à respecter les règles sociales chères à son père, elle se faisait scrupule de tout report d'une représentation, non sans tort, d'ailleurs : les dédits des chanteurs émanent souvent d'une prudence qui lui demeurait étrangère.

Sa carrière s'emballait, brillante, fiévreuse, comblant son plaisir de séduire, de captiver, de voyager, mais elle se produisait trop ; inconsciente des dangers que courait sa voix, Éléonore volait de Turandot à Lucia, de Norma à Abigaille et abordait Wagner. Julien attendait Salomé, Luc se rengorgeait, et Tristan la laissait faire. Il y avait aussi le public, thuriféraire de son idole, qui ne voyait pas en elle un être de chair et de fatigue, mais le messager de ses délices… Puis Éléonore aimait cette existence voyageuse, belle revanche aux missions de son père qui l'avaient si souvent éloigné d'elle. À son tour elle partait, et cette vie nomade maquillait la solitude dont une amante ordinaire eût souffert. Julien, retenu par ses malades, l'accompagnait rarement, mais la retrouvait avec un plaisir qui le surprenait et la ravissait. Les loges de théâtres et les hôtels des grandes capitales lui étaient désormais aussi familiers et accueillants que la maison d'anciens amis. Elle en reconnaissait l'atmosphère, les odeurs, celles des coulisses, surtout. Les foyers des artistes lui étaient chers : nacelles en marge de la ville, ils déploient, dans les bons jours, cette intimité insolite que partagent les comédiens rassemblés au hasard de leurs tournées. Éléonore y était chez elle, jouissant d'une sécurité d'autant plus douce qu'elle s'attardait peu, juste le temps de raviver le réconfort de camaraderies joyeuses sans risquer la gravité de l'amitié.

Elle chantait avec excès et sa voix fléchissait parfois, offrant un legato moins sûr, un vibrato relâché, dénoncés dès le lendemain par la critique. La soprano se reposait alors, assistée par Tristan qui la soignait, lui imposant Mozart tel un baume pour la voix violentée, puis, trop rarement, Rossini, et ils recommençaient : Bellini, Donizetti, Verdi, Puccini, Wagner… Éléonore jugeait à présent légères les leçons de son professeur dispensées à son gré, à sa guise, libérées de la tutelle dont elle souffrait jadis. D'une ville, d'une scène à l'autre, Tristan la suivait, s'abandonnant à la griserie du chant, vivant par son timbre, sans autre désir ou volonté personnels.

Quand la chanteuse partait en vacances, le silence tombait sur lui tel un désastre, il demeurait prostré comme s'il avait lâché un bel oiseau qui ne revenait plus. Il eût voulu pouvoir brider son envol, comme le fit jadis la muse Calliope en arrachant les plumes des sirènes, les femmes-oiseaux. Il écoutait alors sans fin les disques et les enregistrements de travail, épiant tous les frissons de la voix nue, ses plus infimes dorures, sa clarté, son parfum ; mais en ces gravures, la voix lui semblait dépouillée de sa fraîcheur, de son épaisseur charnelle ; plus beaux étaient les disques, et plus croissait son anxiété, comme ces amants que torture la lecture répétée des mêmes lettres ou la contemplation hallucinée de photographies : la fidélité et la disponibilité apparente des images renforcent le tourment de l'absence. Sa vie devenait intolérable, mais renoncer à la voix, à cette tension confondue avec son être propre, eût été pire : autant que le timbre, lui était nécessaire cette proximité avec lui-même. C'est ainsi qu'il multiplia les récitals pour justifier l'urgence des leçons et des répétitions.

En revenant de voyage, Éléonore et Julien l'invitaient, par politesse, et pour reprendre le calendrier des concerts ; retrouver la cantatrice en ville lui était pénible tant était ravivée cette improbable dépendance à l'égard d'une étrangère tenant captive la voix si chère, son timbre sien, perdu et retrouvé. Auprès de Julien, Éléonore ne ressemblait pas à une artiste lyrique, mais seulement à une femme élégante, heureuse de vivre et de plaire, inconsciente de la souffrance qu'elle infligeait. Elle avait cessé depuis longtemps d'inspirer de la convoitise à Tristan pour n'être que la gardienne de ce trésor sans visage, cet infini dont il avait joui, enfant, et qui réapparaissait, dérobé.

Il devint inapte à la futilité, impuissant à se distraire puisque, hors le travail, tout l'arrachait à sa passion. Fors la voix, le monde ne lui parlait plus. L'euphorie née une nuit sur la Côte Sauvage l'avait quitté, et sans Marie qui, fidèlement, venait le voir, il serait resté seul. Elle remarqua que le chant ne l'enlevait plus, ébloui, vers sa lumière, mais le maintenait en vie comme ces drogués que tue le poison nécessaire à leur existence. La métaphore de Jean Roger rencontrait une vérité chaque jour plus cruelle : dès que Tristan ne portait plus la voix, il tombait, en un vertige sans fin, sans force pour lutter, sombrant en léthargie. Il fallait alors meubler un temps vide, une durée creuse, bonne à diluer en des occupations absurdes, des passe-temps neurasthéniques dont il n'avait pas conscience. Ainsi, tandis que l'habillage ou le maquillage d'Éléonore le soumettait à une longue attente dans un théâtre, avant le spectacle, chavirait-il dans l'hébétude, lisant, répétant n'importe quel texte lui tombant sous les yeux, « foyer des artistes, foyer des artistes » ou « le bar est fermé, le bar est fermé, le bar est fermé ». Seuls, le brouhaha de la salle de concert, le vacarme de l'orchestre se mettant en place et l'arrivée du chef le ranimaient : épuisé, il attendait alors qu'enfle la voix remplissant le calice dont il buvait à longs traits. N'importe quel opéra ne pouvait désormais l'apaiser, mais seulement ceux dont les rôles de soprano sollicitent toute la largeur du timbre ou exigent des sons très ouverts nécessaires aux effets expressifs. Il avait besoin de trembler un peu pour s'émouvoir, de surprendre dans le chant un nouvel écho, de nourrir son amour d'une illusion de connaissance. À Barcelone, deux représentations trop rapprochées fatiguèrent Éléonore et firent vaciller ses aigus, très haut, là où le son se déchire ; la chanteuse tint bon, parvint à ne pas durcir son timbre, mais dévoila en son imperfection une sorte de tremblement d'humanité délicieux pour Tristan. Dès lors, les défauts, tel un léger décalage au moment du passage de registre, devinrent pour le musicien un don d'intimité avec la voix qu'il adorait. Les accidents étaient, au demeurant, trop rares pour alarmer Éléonore, ivre de son succès, tranquillisée par son professeur, et impatiente de rejoindre Salomé. Elle avait domestiqué le trac qui l'avait jadis transie à l'approche de *Lucia* : la froideur des mains, la nausée menaçante, le cercle enserrant la tête en un début de migraine ; ces symptômes augmentant la panique des débutants n'étaient plus que démons assagis, messagers vite contrôlés de la concentration à retrouver avant d'entrer en scène. La réussite confirmait son insouciance, la menant à confondre la ferveur de Tristan avec les soins d'un maître, et l'esthétisme sensuel de Julien avec la passion amoureuse. À chacune de leurs rencontres, son amant demandait :

– *Danse pour moi, Salomé !*

Elle répondait :

– *Que me donneras-tu, Tétrarque ?*

– *Mes paons blancs.*

Le désir d'interpréter *Salomé* croissait en même temps que l'exigence du public et des directeurs de théâtre. Comme beaucoup de chanteurs, Éléonore se produisait trop, gravait force disques et, pour demeurer au faîte de sa célébrité, enregistrait entre les répétitions d'un spectacle. La machine que l'on nomme hideusement *star system* était en route, et nul n'y voulait mettre frein…

Une fin d'après-midi, à Paris, une audition avait été reportée ; la chanteuse était retenue au Châtelet pour des costumes et Tristan alla se promener le long des quais de la Seine. Il faisait chaud, il marchait sans but, et tout lui semblait déchu : sa vie s'était gâchée comme ce fleuve si sale aux berges empuanties par les voitures... De quel droit avait-on ainsi confisqué et enlaidi la Seine ? Seules les mouettes ressemblaient au passé. Durant son enfance, il pouvait aller de Notre-Dame à Passy sans quitter le bord de la rivière qui désormais empestait et charriait des poissons morts parmi des taches d'huile et d'essence. Il traversa le pont du Carrousel, puis, chassé par la circulation encombrant les quais, s'enfonça dans les rues de la rive gauche, se dirigeant sans y penser vers le quartier de sa petite enfance. Sa mère louait jadis un appartement minuscule rue Casimir-Périer au-dessus d'un marchand de fruits et légumes à présent disparu. Ce quartier du VIIe arrondissement avait alors une saveur de village que l'on ne prête guère au faubourg Saint-Germain : les petits commerces y prospéraient, classiques ou pittoresques comme les marchands de couleur, les remmailleuses de bas, les passementiers, les vendeurs-réparateurs d'objets électriques en tout genre. Une profusion nouvelle d'antiquaires et d'ensembliers, remplaçant les magasins les plus indispensables, décontenança Tristan qui trouva aux rues familières une allure compassée. Où les habitants achètent-ils de quoi déjeuner ? Il s'appuya à la grille du jardin en face de l'église ; il n'arrivait pas à donner vie à ses souvenirs sombrés dans la même atonie que le reste du monde. Tout ce qu'il percevait s'absentait, laissant un univers évidé, artificiel. Il avait suivi des cours de catéchisme dans la chapelle de Sainte-Clothilde, et sa mère l'emmenait goûter dans le square, devant le monument dédié à César Franck. Ils allaient parfois boire une limonade dans un petit café dont l'entrée leur fut un jour refusée par des cinéastes venus y tourner un film ; le patron, trop occupé à briquer son établissement, n'avait même pas regardé Tristan. Les images refluaient, mais sa mémoire n'en restituait qu'une lecture indifférente. La place de l'église, nouvellement aménagée, était bruyante ; des enfants jouaient au ballon et les cloches carillonnaient, mais il percevait tous ces sons à travers un brouillard. Sa fatigue interposait entre lui et le monde une sorte de film assombrissant les sons et les couleurs. La ville et les hommes étaient vides de lui, le laissant oublié comme un enfant que nul n'ennuie ni ne sollicite à la récréation. Il contempla sans émotion les fenêtres de leur ancien logement ; tout était figé, un peu comme sur ces daguerréotypes dont la prise exigea un si long temps de pose que la vie semble s'être arrêtée. Son passé ne l'accueillait plus, insensible, semblable à ces vieilles gens dont l'affection s'est desséchée. Il pénétra dans la chapelle. Des dalles montait une odeur poudreuse, sapide, où se mêlaient l'encens, les fleurs fraîches, la poussière et une sorte de fragrance d'école pieuse. Le sentiment d'oppression s'accentuait dans ce lieu où le silence capitonnait l'oreille et le corps d'une douceur pelucheuse. Un goût d'eau fade collait sa bouche, et une mollesse souffrante précédant le malaise le gagna des os à la chair. Il alla s'asseoir sur un banc du square et, la nuque renversée sur le dossier, regarda les pigeons voler ; il les trouvait beaux et irréels comme les oiseaux d'une fresque de Giotto. Pourquoi ne parvenait-il plus à saisir la réalité que par le biais de l'art, peinture ou musique ? Plus rien de vivant ne le touchait. Son regard tomba sur une poupée oubliée par terre ; le jouet perdu lui parut doué d'une charge émotive dont il éprouvait le poids sans la comprendre. Il avait toujours été troublé par les choses inhabituelles, jetées, délaissées. Un souvenir lui revint, fulgurant, cette fois. Il avait sept ans ; en allant à son cours, un matin, il avait vu un pigeon éventré posé sur l'angle du rebord en ciment supportant la grille de l'église Sainte-Clothilde. L'oiseau, proprement ouvert, exhibait la béance multicolore de ses entrailles, l'intimité tangible de sa mort. Pendant quelque temps, la charogne resta là, incongrue, infâme et mystérieuse. Chaque jour, Tristan espérait et redoutait sa rencontre, pressant le pas à son approche, passant trop vite, humilié par une curiosité qu'il ne comprenait pas. Il s'avançait, le cœur battant de convoitise et de dégoût vers l'oiseau à la tête si douce au-dessus de l'obscénité de ses viscères luisant comme des fleurs immondes. Puis le pigeon avait disparu. Pourquoi avoir contraint cet oiseau à la lubricité de cette nudité forcée ? Pourquoi ce trouble devant cette mort ouverte laissant, plus qu'une autre, intacte l'énigme de la vie ? Pourquoi s'en souvenait-il aujourd'hui ?

Il n'avait pas même envie d'en chercher la raison, et sans doute aurait-il oublié cette promenade si, à son retour au Châtelet, les amants ne lui avaient arraché son consentement à l'interprétation de *Salomé*. Julien, assis auprès d'Éléonore, l'avait accueilli par la citation convenue :

« *Comme la princesse Salomé est belle cette nuit !* Qu'en pensez-vous Tristan ? Quand autoriserez-vous enfin cet opéra ? Éléonore m'a dit avoir déjà reçu plusieurs propositions d'engagement ! »

Infiniment las, Tristan répondit :

« Quand elle le voudra. »

La cantatrice, radieuse, entraîna les deux hommes au Café de Paris afin de sceller leur accord dans un cadre digne de la rutilance de l'opéra. Le maître d'hôtel la connaissait et lui donna une table retirée, mais enserrée de miroirs et de boiseries délicatement peintes. Elle s'y installa et, disposant autour d'elle son sac, ses gants, foulard et colifichets, créa aussitôt un espace clos sur ses gestes, son parfum, sa présence toujours un peu scénique ; elle brûlait de parler de *Salomé*.

« Le texte est superbe, dès le début, ne trouvez-vous pas ? Salomé a quitté la salle du banquet lourde d'haleines et de désirs, et vient se laver à la clarté lunaire. Comment m'imagines-tu, Julien ? »

Achevant de commander des salades compliquées dont raffolait son amie, Julien lui répondit, amusé :

« Éléonore, en digne *prima donna* tu ne penses qu'à ton entrée en scène ; la première réplique revient à Narraboth, le beau capitaine syrien. Comme moi, il admire tant la princesse que son page s'en inquiète : un malheur peut frapper ceux qui regardent si intensément.

– Je n'oublie rien, Julien, j'ai assez travaillé ce texte, tu sais ! C'est un opéra de regards, regards qui se cherchent et se refusent. Qui capte les yeux rencontre l'âme. Narraboth contemple Salomé qui jamais ne se tourne vers lui. Il se tuera. La princesse fera périr Iokanaan parce qu'il refuse de la regarder de crainte de l'aimer. Elle-même mourra d'avoir été tant désirée mais jamais vraiment vue… »

Tristan voulut parler des motifs propres à chaque personnage, mais la cantatrice l'interrompit de crainte d'ennuyer son amant. Avec un sourire d'excuse pour son professeur, elle désira prouver sa sensibilité à la séduction de Salomé : la princesse ensorcelle Narraboth afin qu'il lui montre le prophète contempteur de sa mère, et la soprano chanta à mi-voix :

Regarde-moi, Narraboth, regarde-moi. Ah ! Tu sais bien que tu vas faire ce que je te demande.

Quelques clients du restaurant se retournèrent. Confus, Julien intervint :

« Le capitaine cède et Iokanaan sort, vitupérant comme un diable.

– Tu as de ces mots ! J'aime traduire l'admiration de Salomé, puis son désir pour ce jeune homme vierge et blanc, intransigeant et désirable, comme elle…

« Je me demande quel baryton sera engagé pour jouer Iokanaan… Sait-on quelque chose, Tristan ? Il faut que le public comprenne qu'un instant le prophète put être tenté : il crie, *Qui est cette femme qui me regarde ? Je ne veux pas sentir ses regards sur moi. Pourquoi me regarde-t-elle avec ses yeux d'or sous ses paupières luisantes ?* Il l'a donc vue et admirée, mais Salomé ne le sait pas… Elle ne comprend même pas ses anathèmes et l'implore : *Parle encore Iokanaan, ta voix est comme une musique à mes oreilles.*

– C'est toujours la même chose, Éléonore, un jeu

de miroirs : les amants ne voient ni n'entendent qu'eux-mêmes.

– Ne sois pas aussi sec... La princesse et le prophète sont semblables, excessifs, butés, intolérants, détestant le compromis. Plutôt que de se taire, saint Jean se laisse enfermer dans l'obscurité d'une citerne. Salomé refuse toutes les richesses du monde pour l'unique objet de son désir, le plus fugace, un baiser. Porté à cette incandescence, l'amour exige la perte de soi dans la mort, et tous deux le savent. »

Tristan, oublié, contemplait l'animation de la cantatrice et de son ami comme s'il avait assisté à un film ennuyeux et vaguement familier. Il avait pourtant commencé à travailler l'interprétation avec Éléonore, mais la femme sans sa voix ne l'intéressait pas.

Julien, troublé par l'intellectualisation de l'héroïne, s'inquiéta :

« Attention, Éléonore : garde à Salomé sa fraîcheur et sa violence, sinon tu rateras les répliques qui l'arrachent à l'enfance. D'abord elle veut toucher, toucher seulement le corps, puis les cheveux de Iokanaan. Il le lui interdit. Elle les déclare alors hideux et convoite éperdument la bouche.

– Oui... Et le caprice d'enfant devient une passion de femme, c'est le plus difficile à jouer ! Elle ne comprend pas les mots de Jean et, sans se lasser, demande son baiser. Au fond de la scène, Narraboth se poignarde, son dernier cri d'amour sombrant comme un vertige dans les graves de l'orchestre... Salomé ne le voit même pas et le prophète la maudit. Sur les dalles poisseuses de sang, la fille de Judée demeure seule, certaine d'avoir trouvé et perdu l'unique objet de son désir.

– Tu seras magnifique ! J'attends surtout le moment où, par-delà la passion sauvage, se devine la fascination de la princesse pour cet invisible dont rayonne le Baptiste... Tu le montreras n'est-ce pas ?

– Bien sûr ! Ah, Julien, je vais enfin jouer ce rôle... Je saurai exprimer la gémellité du sacrifice de Jean et de Salomé. La princesse met le prophète en danger de trahir son Dieu et, devant son refus, exige sa tête... Il le savait. L'horreur de son baiser donné aux lèvres mortes condamne la princesse à la mort qu'elle désirait. »

La chanteuse se tut, pensant à son interprétation, au choix des interprètes et du metteur en scène. Julien demanda :

« Comment seras-tu habillée ? J'imagine un justaucorps recouvert d'une tunique légère et peut-être d'une simarre dont les pans s'écarteraient comme des ailes à tes pas. Tout cela serait blanc, la couleur de l'enfant lunaire. Pour la danse, des esclaves viendraient te dépouiller du manteau et te vêtiraient de sept voiles aux couleurs du prisme.

– Peut-être, mais j'ai pensé à une trouvaille de mise en scène : Hérode, venu sur la terrasse, se plaint d'entendre dans l'air comme un battement d'ailes gigantesques et supplie Salomé de danser pour calmer son angoisse : il faudrait que chaque voile retiré plane et tombe aux pieds du tétrarque comme une de ces ailes maléfiques, celles de l'ange de la mort qu'il est seul à entendre. La danse rapproche Iokanaan et Salomé de leur double sacrifice, mais Hérode devra affronter le poids le plus lourd, consentir au meurtre de saint Jean. »

Tristan négocia le contrat ; mais Éléonore désirant se produire à Paris, l'opéra serait donné plus tôt qu'il n'eût été souhaitable pour son repos vocal : avant et pendant les répétitions la cantatrice devrait assurer trop d'engagements acceptés précédemment. Nul ne dénonça pourtant la folie de ce nouveau projet, et la jeune femme n'eût jamais consenti à y renoncer ou à le différer…

Un travail acharné rendit à l'élève et à son professeur une fièvre comparable à celle de leurs débuts niçois. Leur incompréhension personnelle demeurait certes profonde, mais au moins chacun retrouvait-il en l'autre le reflet de sa propre passion. Éléonore connaissait sur scène un succès croissant, mais quelques alarmes, aussi. À la fin d'une représentation de *Nabucco*, la trame de sa voix devint sensible. Il y eut une *Tosca* sans grande résonance, mais tout accident trouvait une explication et nul ne souhaitait s'en inquiéter.

– *Danse pour moi, Salomé !*

– *Que me donneras-tu, Tétrarque* ?

– *Mes paons blancs.*

Durant les semaines précédant le spectacle, Tristan s'était bâti une chartreuse imaginaire et musicale dont seule Marie osa un jour franchir le seuil. Elle l'avait fort peu vu depuis la naissance de son fils, et toujours de manière très formelle. Comme ils se l'étaient promis sur le quai de la gare de Nice, Tristan était le parrain du bébé nommé Simon ; mais il négligeait son filleul et Marie lui en gardait rancune. Pour son fils, elle avait découvert un amour tout de don, de dévotion, sans attente aucune, et en demeurait éblouie.

Tristan n'y avait vu que maternage délitant, branle-bas de couches, de biberons, et l'impossibilité de soutenir une conversation étrangère à l'enfant. Ils s'étaient éloignés, lui s'enfonçant dans son délire, elle émerveillée par la simplicité de son bonheur. Simon grandit et alla chez une nourrice pendant les heures de cours de sa mère. Marie, qui retournait parfois à l'Opéra, assista à quelques répétitions de *Salomé* chez Tristan. Les dernières auditions l'avaient affolée. Elle avait compris l'enjeu artistique et affectif de ce rôle pour Éléonore, mais connaissait aussi l'esthétisme et la dureté de son frère : malgré sa gentillesse, Julien avait l'égoïsme de Luc et jamais ne s'inquiétait des sentiments de ses proches. Marie s'en était souvent égayée, songeant qu'une femme s'éprend généralement de la réplique de son père ou de son frère. Mais le comportement de Tristan lui paraissait plus inquiétant : il avait parfois le regard halluciné et refusait tout entretien sérieux avec elle. Un soir, déterminée à le voir, elle confia Simon à David et alla l'attendre à sa porte ; Tristan la découvrit, très pâle, assise sur les marches, ne sachant comment exprimer ce qui lui gonflait le cœur. Il la fit entrer et la serra dans ses bras, le regard un instant éclairci de tendresse, puis il se mura à nouveau dans sa détresse : Marie représentait une fenêtre ouverte sur le monde dont il se protégeait et ne souhaitait pas lui parler. Très vite, il l'agressa :

« Que viens-tu faire ici ? Jouer le rôle de la vieille amie venue parler raison ? David et Simon ne te suffisent plus ? Tes sentiments maternels débordent ? Tu crois tout comprendre, c'est ça ? C'est peut-être vrai, mais ça ne suffit pas, et cela, ta philosophie n'en sait rien. Et puis je me fous de ta compréhension ou de tes raisons ; le problème est ailleurs, et moi aussi je suis ailleurs ; laisse-moi, va-t-en ! »

Marie ne réagit pas tout de suite. Les mots tombaient en elle comme des cailloux jetés un à un, éveillant un son dur et mat. La nausée lui creusait l'estomac et une moiteur serrait ses tempes.

« Tristan, tu cherches à me blesser, ne sois pas hostile. Je ne viens pas accomplir un devoir moral de vieille bigote, je suis ton amie, ta petite sœur, et j'ai peur pour toi, pour Éléonore, aussi, même si je ne l'aime guère. Tristan, sa voix va se détruire et tu le sais… Je veux dire que tu ne fais rien pour la protéger. Elle a eu quelques accidents avec Turandot, Tosca, Abigaille ; Salomé est pire et tu ne l'arrêtes pas… »

Hésitant, Tristan marcha dans la chambre. Il songea à parler de l'excellence des critiques, de la qualité des enregistrements et de la détermination de la chanteuse, mais il s'adossa au mur et, pour la première fois, parla.

« Je ne sais pas, Marie, je ne sais plus. Éléonore laissera peut-être sa voix dans *Salomé*, ce n'est pas sûr, qui peut préjuger d'une voix ?

« Au début, tu sais, la crainte et la sagesse ne comptaient pas face à l'âpre bonheur de son chant. Aujourd'hui, c'est différent… Je n'en peux plus. Cette voix toujours aussi belle, trop belle me quittera, et je ne le supporte pas. Elle est ma découverte, mon œuvre, mais je ne la possède pas, tu comprends ? Elle va me quitter et même sans cela… Je n'y arrive plus, c'est trop dur. Je ne la tue pas, tu sais, elle danse au-dessus de l'abîme, nul ne peut dire si elle tombera.

– Mais pourquoi ne fais-tu rien ?

– Oh, Marie, ce sont eux qui décident tout, eux, la diva et ton frère, les critiques, le public, tous ces vautours qui m'arrachent ce timbre si terriblement beau. Je n'ai rien décidé, je ne sais même plus ce que je veux. Tout est possible. C'est comme Salomé, nul ne connaît son corps avant la chute du septième voile, personne ne connaîtra la voix d'Éléonore avant qu'elle ne perde sa dernière note.

– Des mots, tout ça. Tu es son professeur, réveille-toi !

– Arrête Marie, je t'en prie, tais-toi. Tu veux des aveux, des certitudes, une promesse peut-être ? Cela n'a plus de sens pour moi. Tu me fais du mal, en plus.

– Ce n'est pas mon but, tu le sais bien, mais Éléonore brûle sa voix et tu restes là sans réagir, hébété de souffrance. Que feras-tu si son timbre se brise ?

– Oui, tu projettes dans l'avenir, tu as toujours été comme ça. Moi ce n'est pas le doute qui me rend fou, mais la certitude, massive comme la vérité. Une fois là, le rêve s'achève. »

Tristan ne pouvait plus endurer ces paroles offensant une désolation pour laquelle il n'était plus de langage. Sa voix se fit distante au point que Marie se sentit retranchée de son amitié.

« Tout peut arriver, Marie, tout peut changer. Laisse-moi ! Assise comme ça, bien convenable sur ce sofa, avec ta vie ajustée comme du prêt-à-porter social, tu ressembles à une dame catéchiste. Prends ton sac sur les genoux, l'illusion sera parfaite. Marie, laisse-moi seul !

– Tristan, s'il te plaît !

– Ne me touche pas, je ne veux pas de ta

compassion, la souffrance rend méchant, tu sais, et je n'ai pas envie de l'être avec toi. Et puis, arrête de me regarder comme si j'étais un monstre ou un fou.

– Tristan...

– Laisse-moi... Tu peux te réjouir, après tout : l'événement de la saison lyrique est proche et tu y es conviée. Ce sera comme un grand bal masqué : vêtue en princesse de Judée, la *prima donna* jouera sa carrière et son amour. Son amant se mettra peut-être à l'aimer. Luc... Mais qu'attendre de ce type ? Les critiques, eux, penseront à leurs copies. Le public aura payé trop cher. Les invités se rengorgeront de leur privilège... Le spectacle sera-t-il le succès espéré ?

« N'aie pas le mauvais goût de vouloir faire tomber les dominos trop tôt. Tu n'en as pas le pouvoir.

– Tristan...

– Au demeurant, quoi qu'il arrive, nul ne comprendra la même chose. *To the happy few*, comme disait un autre amateur d'opéra. Pars maintenant, Marie, s'il te plaît, va-t-en. »

Elle se leva, un sourire d'eau glacée sur la bouche. Le visage de Tristan était si fracassé de malheur que, d'avance, elle admettait tout.

Ils ne se revirent plus jusqu'au spectacle. La distribution était excellente. Toutes les répétitions furent satisfaisantes hormis la dernière : la mezzo jouant Hérodiade dut se faire remplacer et divers problèmes techniques créèrent une tension pénible. La fatigue chut brusquement sur Éléonore comme la déclaration d'un état auquel rien ne l'avait préparée. Elle interpréta une Salomé trop agressive avec une dureté d'émission pénible et des aigus trop larges. La générale était pour le surlendemain. Une seconde soprano, moins prestigieuse, devait incarner Salomé en alternance avec Éléonore ; elle était disponible et prête, aussi eût-il été raisonnable de lui demander d'assurer la première représentation ; nul n'osa le proposer à Éléonore qui n'y pouvait consentir : il ne fallait pas que Julien et son public découvrissent une autre Salomé qu'elle-même. Elle se reposa, taisant sa fatigue et son angoisse. Le trac, clément depuis quelques années, reflua, roulant sur elle en ondes de panique de plus en plus rapprochées. Elle retrouvait cette prescience de l'échec futur, émoi physique et déroute de l'âme, malaise indépassable et migraineux. Jusqu'à son entrée en scène, elle eut ces chocs au cœur, ces éclats d'affolement, et ce vacarme du sang qui, bruissant aux oreilles, rend le corps proche et lointain.

Le spectacle commençait. *Que la princesse Salomé est belle, cette nuit !* La soprano, toujours dans les coulisses, n'était pas encore visible par le public, mais, sinueuse, la clarinette traçait déjà son motif. L'orchestre ensuite se libéra, mimant l'opulente touffeur de la salle du banquet et ses relents de viandes et de parfums chassant Salomé vers la terrasse. Éléonore parut si jeune que Julien en eut le cœur serré. Elle était vêtue de blancheur fluide, comme il l'avait souhaité, et ses sandales brillaient, saturées de pierreries, adorable allusion à la danse future. Ses premières notes s'élevèrent fraîches et pures. Julien eut le sentiment de comprendre enfin la magie de l'opéra, transfiguration musicale des émotions les plus profondes. Le désir de Salomé glissa de la lune tant admirée à Iokanaan qu'elle adora. La jeune fille et le prophète, vigie du Christ roi, chantèrent l'impossible union de la chasteté du corps et de l'esprit.

La princesse brûlait de passion, tourmentant le Baptiste de l'exigence d'un baiser. Elle dit l'horreur d'être vierge et violée par une ardeur sans nom pour un corps, des yeux, une bouche clos sur un Dieu inconnu. Quand le baryton se tut, dérobé par les ténèbres de son cachot, s'éleva la voix du ténor : ce fut la supplique d'Hérode promettant, pour une danse de Salomé, le plus fastueux des cadeaux, fût-ce la moitié de son royaume. Tous s'écartèrent, alors, laissant Éléonore habiter l'immense plateau de l'opéra.

Elle eut la grâce troublante de la fille d'Hérodiade, ses pieds se mouvaient si légers que le sol demeurait atone. Son corps en gloire devint le chantre d'un nouveau langage, dessinant une sphère de vie close, un appel sans espoir au dédain du prophète. De la danse des sept voiles, elle fit une parade de désir et de mort, la déploration d'une passion ouverte à la vengeance. Mais quand elle s'immobilisa, offerte, aux pieds du tétrarque, l'épuisement cernait ses yeux sous le maquillage. Tout à la fin de la danse, elle avait chancelé et le public l'avait applaudie, songeant à un effet de scène dont la beauté l'avait saisi. Au premier rang, Tristan savait qu'il n'en était rien et observait la cantatrice comme Hérode avait guetté la chute des derniers voiles.

Le chant allait reprendre pour la dernière partie de l'opéra. *Je voudrais immédiatement dans un bassin d'argent...* Le timbre était toujours clair avec cette suavité terrifiante pour qui connaît la suite des paroles :

– *Que voudrais-tu Salomé ?*

– *La tête de Iokanaan !*

La voix extasiée vacilla aux dernières notes, mais Éléonore ne voulait pas perdre confiance, il fallait continuer. La salle était sombre, et Julien la regardait, elle le sentait, tous la voyaient enfin. Salomé bascule dans l'horreur et la voix devait descendre dans son registre le plus grave pour remonter ensuite vers des aigus vibrants, proches de la rupture de timbre.

Je veux la tête de Iokanaan dans un bassin d'argent. Tu as juré, Hérode, tu as juré, ne l'oublie pas !

Les répliques, de plus en plus longues, énumérant les merveilles des offres du tétrarque ne suffisaient pas à reposer la voix de la cantatrice. *Je demande, tu as juré, j'exige, donne-moi, je veux.* Chaque intervention était plus difficile, l'instabilité vocale croissait, et les plus grandes scènes étaient encore à chanter, les plus belles, les plus rudes. Éléonore ne pouvait plus maîtriser son chant, ce fil dont elle avait cru la soie inaltérable. Le public ne réagissait pas encore, étourdi par la puissance dramatique de l'œuvre et de la chanteuse. Le timbre pourtant se voilait, renaissait quelques instants, puis se ternissait à nouveau. Quand Salomé obtient la mort et que les soldats tardent à lui apporter la tête tranchée, le chant d'impatience et de vengeance clame une hystérie dont Éléonore ne put soutenir le feu. Elle chanta sans force et la voix s'écorcha ; ce fut d'abord une blessure légère que les notes évasèrent en une plaie. Durant la lente déploration finale, on eût dit que le timbre saignait lentement. À genoux devant le monstrueux trophée, la diva porta lentement ses mains à sa gorge déchirée. Elle ne pleurait pas, mais il pleurait en elle, de désespoir et d'incrédulité. L'orchestre la soutenait avec tendresse, impuissance et navrance. Elle continuait d'une voix rauque ou estompée. Entendre le timbre mourant s'arracher ces paroles d'amour et de haine était insupportable.

Moi, je vis encore, mais toi, tu es mort, et ta tête, ta tête m'appartient. Je puis en faire ce que je veux. Je puis la jeter aux chiens et aux oiseaux de l'air. Ce que laisseront les chiens, que les oiseaux de l'air le mangent... Ah ! Ah ! Iokanaan, Iokanaan, tu étais beau. Ton corps était une colonne d'ivoire sur des pieds d'argent. C'était un jardin plein de colombes, brillant de lis. Rien au monde n'était aussi blanc que ton corps. Rien au monde n'était aussi noir que tes cheveux. Dans le monde entier, il n'y avait rien d'aussi rouge que ta bouche. Ta voix était un encensoir, et quand je te regardais, j'entendais une musique mystérieuse.

Éléonore s'arrêta souvent, péniblement, comme si les dernières flammes consumaient sa gorge, comme si lentement s'effondrait la colonne résonnante de son chant. Puis elle se tut.

L'orchestre, le public, les artistes, tous demeuraient suspendus à ce terrible silence. Elle regarda le chef sans paraître le voir puis fit un signe : elle voulait achever, chanter la *Liebestod* de Salomé, sa mort d'amour.

Ah ! pourquoi ne m'as-tu pas regardée, Iokanaan ? Tu as mis sur tes yeux le bandeau de celui qui veut voir son Dieu. Eh bien, tu as vu ton Dieu, Iokanaan, mais moi, moi, tu ne m'as jamais vue. Si tu m'avais vue, tu m'aurais aimée ! J'ai soif de ta beauté. J'ai faim de ton corps. Ni le vin ni les pommes ne peuvent apaiser mon désir... Que dois-je faire, maintenant, Iokanaan ? Ni les flots, ni les grandes eaux ne peuvent éteindre ce désir brûlant... Oh pourquoi ne m'as-tu pas regardée ? Si tu m'avais regardée, tu m'aurais aimée. Je le sais bien, tu m'aurais aimée. Et le mystère de l'amour est plus grand que le mystère de la mort.

Jamais interprète ne chanta plus lentement, jamais orchestre ne fut plus docile à un souffle. La voix s'érafla, détimbra, cria douloureusement puis chuchota, mais elle continuait. Tandis qu'Hérode exprimait son dégoût à Hérodiade triomphante, les larmes coulèrent sur les joues maquillées d'Éléonore. Tristan crut qu'il allait crier. Quelque chose hurlait en lui, dévastant sa poitrine et cognant contre ses côtes. Il n'avait plus ni pensées ni sentiments, seulement d'horribles décharges nerveuses. Il n'était plus qu'une souffrance torturée de plaintes lui labourant le corps sans que rien n'affleure à la bouche et aux yeux.

Ses lèvres sur celles du Baptiste, Éléonore ne put que murmurer les derniers mots de l'opéra, phrases ultimes où viennent s'unir tous ses symboles :

Ah ! Je l'ai baisée, ta bouche. Il y avait une âcre saveur sur tes lèvres. Était-ce la saveur du sang ? Non ! Mais peut-être était-ce la saveur de l'amour. On dit que l'amour a une âcre saveur... Mais qu'importe, qu'importe ? J'ai baisé ta bouche, Iokanaan, je l'ai baisée ta bouche.

Le tétrarque dit alors : *Man töte dieses Weib ! Que l'on tue cette femme !*

Le rideau tomba tandis que l'orchestre laissait entendre quatre dernières tierces, ultimes sursauts du corps de Salomé écrasé par les boucliers des soldats.

Trop bouleversé pour réfléchir, le machiniste découvrit à nouveau la scène. Tous les chanteurs entouraient Éléonore. Le public s'était levé en un muet hommage. La diva, s'inclinant très bas, le salua. Certains applaudirent puis s'arrêtèrent, d'autres reprirent, toute la salle enfin retentit. L'ovation dura jusqu'au geste de la cantatrice : faiblesse, adieu, désespoir, on ne savait, mais tous comprirent. Les spectateurs alors se levèrent et sortirent sans bruit. Julien alla chercher son amie. Dans la salle il ne resta plus que Tristan, la tête courbée sur les genoux pleurant et sanglotant à la miséricorde. Marie vint l'arracher à son fauteuil et le guida sans qu'il en ait conscience. Il marchait puis s'arrêtait, la poitrine saccagée, haletant, n'étant plus que douleur. Des nausées le soulevaient, il en appelait à la folie, à la démence qui le délivreraient de lui-même. Il suppliait la rage ou la mort, n'importe quoi hors cette présence à son mal. Marie le hâla enfin jusque chez lui et le drogua de sédatifs. Ils n'agirent pas tout de suite. Couché sur son lit, épuisé, Tristan se mit à rire d'un rire insupportable qui lui raclait la gorge. Il dit avoir raté la scène finale.

« Marie, si tu écris un jour mon histoire, termine-la ainsi : la diva soudain perdit sa voix. Un homme alors se jeta du haut des cintres, bras et jambes écartés, il tournoya comme une étoile et s'écrasa aux pieds de la chanteuse dont il était l'ombre et l'âme. Quelle allégorie, n'est-ce pas ? Et tu peux ajouter, comme à la fin de la tragédie, “le reste est silence”. Tu trouves ça de mauvais goût ? N'en parlons plus ! C'est une mort sans cadavre, un meurtre sans corps du délit, presque rien en somme… »

Il murmura encore des mots que Marie ne comprit pas, puis il s'endormit comme on se fuit.

Mais, vrai, j'ai trop pleuré ! Les Aubes sont navrantes.
Toute lune est atroce et tout soleil amer :
L'âcre amour m'a gonflé de torpeurs enivrantes.
Ô que ma quille éclate ! Ô que j'aille à la mer !

Rimbaud, « Le Bateau ivre »

Chapitre 10

Marie avait dû rentrer chez elle. Le lendemain matin, elle n'avait pas cours mais ne sut que faire, hésitant à téléphoner. Simon sentait son inquiétude et, grognon, s'accrochait à ses mains, à sa robe ; de toutes ses forces de bébé, il rappelait sa mère à lui, exigeant son attention. Les heures passaient. Marie câlina son fils, puis lui expliqua qu'elle allait s'occuper de son parrain pendant qu'il irait chez sa nourrice. L'enfant pleura, voulant lui aussi venir chez ce parrain dont on parlait tant sans le voir.

« Ton parrain souffre d'une maladie dangereuse pour les petits, non pour les mamans », lui expliqua Marie qui promit une surprise pour les enfants sages. Simon se la fit décrire pour être sûr d'en avoir envie, pleurnicha encore un peu et, enfin, suivit sa mère.

Tristan ne répondit pas aux coups de sonnette plusieurs fois répétés. La gardienne, qui connaissait Marie, consentit à lui ouvrir l'appartement ; il était en ordre, comme d'habitude, mais les draps avaient été rejetés brusquement ; dans le grand placard le nécessaire de voyage manquait : comme beaucoup de concertistes, Tristan détestait faire des valises et conservait un sac toujours prêt pour un départ. Il n'y avait pas de lettre, rien qui puisse suggérer un voyage. Marie téléphona à Corinne qui récrimina sans même s'enquérir de l'objet de l'appel ; Marie ne lui dit rien. Le répondeur de Julien était constamment branché et son cabinet fermé en fin de semaine. Pensant qu'il soignait Éléonore, elle n'osa pas aller chez lui.

Munie seulement d'un livre d'images de dinosaures, elle alla rechercher son fils, puis, en larmes, appela David au secours. Il assurait un reportage en Yougoslavie ; la communication était si mauvaise qu'il ne comprit pas son récit mais promit de venir rapidement passer une journée à Paris. En attendant son retour, Marie ne put joindre Julien, désespérément absent. À son cabinet, la secrétaire, pincée, assurait une permanence pour la quinzaine à venir, et n'en point connaître le motif offensait son amour-propre ; l'embarras de Marie lui fut un baume. Au service de cardiologie de l'hôpital, la jeune femme n'apprit rien d'autre.

Quand David fut enfin là, les yeux encore giflés d'images de corps blessés, de visages mutilés ou hurlants, le récit de *Salomé* lui parut fantastique, un nouveau conte éclos dans le cœur de Marie. Elle parlait, le regard noyé, les mains tremblantes ; lui l'admirait, attendant ses caresses, sans même songer qu'il aurait dû tenter d'imaginer le drame qui la bouleversait et participer à sa détresse ; les histoires de sa femme lui étaient aussi étrangères que les livres qu'elle aimait ;

il les écoutait à peine, confiant en son aptitude à concevoir des souffrances dont il se défiait. Il lui sourit, trop paisiblement... Marie lui reprocha de la regarder comme les figures serties par l'objectif de sa caméra, mises à distance du regard par la médiation de l'élaboration technique.

« Tu me dis que tu m'aimes, je te crois, mais cssaic de me comprendre, alors ! Tu me pétrifies dans l'image que tu te fais de moi... J'y ai pensé tant de fois sans t'en parler. J'ai le sentiment d'être pour toi semblable à tes photographies : si terribles que soient leurs sujets, tu leur donnes un titre, tu les classes et les ranges. La souffrance te blesse seulement si tu en vois la trace tangible : cela devient une affaire à régler. Mon récit t'a semblé triste, mais pour t'en défendre tu penses déjà qu'un médecin soignera Éléonore, que Tristan s'en remettra, et que les affaires de Julien ne te regardent pas...

– Mais c'est possible après tout ? Tu dramatises toujours...

– Oui, il n'y a pas de morts, en somme ! Pardon, je deviens violente, je regrette. Mais, David, depuis toujours, devant toi, j'ai honte de mes alarmes parce qu'elles te paraissent imaginaires. Si je ne te plaisais pas, je crois que tu me jugerais folle.

– Mais, ma douce, qu'est-ce que tu as ? Je ne te reconnais plus ! Je suis venu dès que tu m'as appelé, je t'écoute, je ne dis rien, et tu m'en veux ! Je pense seulement que ta sensibilité te porte à voir les choses en noir. Tu devrais être moins excessive, penser à nous, à l'avenir, être plus positive.

– Ah non ! Laisse ce vocabulaire de supermarché et ne recommence pas à m'expliquer comment il faut vivre ! Être différente serait sûrement plus confortable, mais on ne peut pas me retoucher comme une photo. D'ailleurs le problème n'est pas là. Je ne te parle pas du spectacle, celui du désastre de *Salomé* commenté par des voyeurs, mais de tout ce qui saigne sous la surface et me torture. Où est Tristan ? Pour récupérer Simon, je l'ai quitté, dévasté de souffrance, et il avait disparu dès le lendemain. Ce drame achève un passé dont je n'ai rien inventé. Tristan m'est si proche que sa vie entière me touche ; toute petite, déjà, chez ma tante, je l'admirais : il est mon ami le plus cher, mon grand frère, et il n'est pas dément, David, il a mal ! Ce n'est pas un salaud, non plus, seulement un homme affolé de douleur, fuyant comme les animaux blessés.

– Mais calme-toi ! Que veux-tu que j'y fasse ? Laisse ces gens dont la vie t'empoisonne. Occupe-toi de Simon et de moi. Tu ne m'as presque pas regardé depuis que je suis rentré. Tu ne me demandes même pas ce que j'ai vu, c'était difficile pour moi de revenir entre deux avions…

– David, tu m'embrouilles ; je me sens toujours coupable de nos désaccords. Oui, je suis égoïste et je ne t'ai pas questionné en épouse attentive, je suis navrée. Je t'attends depuis des jours avec la peur que Simon soit réveillé à ton arrivée, t'arrachant à moi ; j'ai besoin que tu vives avec moi cette histoire, que tu m'aides…

– Que veux-tu que je fasse… Apprendre que la Cheverny ne chantera sans doute plus me désole, mais tu en fais un roman excessif. Quant à Tristan, je connais ton affection pour lui, mais il est vraiment trop compliqué !

« Tu rattaches l'opéra de *Salomé* à une quantité d'épisodes dont tu m'as sans doute parlé, mais je ne m'en souviens plus ! Je n'ai pas ta mémoire… Et puis ça ne m'intéresse pas plus que tu ne t'inquiètes de mes affaires. Je ne t'en parle pas, d'ailleurs. Chacun son métier. Je t'aime, c'est tellement plus simple…

– Oh David ! À ton arrivée, je me suis jetée dans tes bras, et, sentant ton odeur, les revers râpeux de ta veste, j'ai cru nous retrouver à Laissac, ta tendresse me lissant le cœur.

– Mais c'est exactement cela ! Faisons un café avec du cognac pour moi, et reviens dans mes bras, j'ai envie de te porter. »

Marie abandonna.

Durant la nuit, à côté de David endormi, le souffle paisible, elle pleura silencieusement. Elle imaginait ce qu'elle avait dû taire et dont elle ne parlerait plus. Ni monstre, ni insensé, Tristan avait succombé à cette passion avide qui, menacée, se fit dévorante. Il n'a pas tué la voix gémellaire, sienne et sans pareille, c'eût été s'immoler lui-même, pensait-elle ; il l'a laissée se dénuder, s'exposer comme une femme ivre dont tous attisent les folies, la rendant sourde à l'homme aimant. Marie, pourtant, se souvenait de la négociation du contrat sur la Côte Sauvage : en Tristan s'était levée de la cruauté dont il avait pâti autant que la diva raidie dans son refus de lui abandonner voix et carrière. Il était coupable de n'avoir rien empêché, maître-esclave de ce chant, haineux et idolâtre, fasciné par la débâcle, sans espoir de délivrance.

Inconscient de ses tourments, David dormait. Elle eût pourtant tellement souhaité lui faire entendre son inquiétude ; outre l'apaisement attendu de la consolation, elle avait espéré toucher son mari, l'atteindre sous sa carapace d'indéfectible gentillesse. Mais David, fougueux nageur à la surface de sa vie, était incapable d'en devenir le plongeur. Il déployait de l'audace dans son métier, de la compassion aux peines rencontrées, pansées, s'il le pouvait, mais sans aller au-delà. Marie, déçue, s'imaginait figée dans son cœur en une série d'images d'Épinal, l'épouse, la mère, l'amie… autant de figures congrues, opaques, prohibant les dessous de l'âme. Le matin, quand le sommeil l'eut enfin saisie, David, disposé à porter sa gaieté aux quatre coins du monde, ouvrit les yeux et l'éveilla en s'ébrouant : Tout s'arrangerait, promit-il à sa femme, sans voir qu'elle ne le croyait plus. Le lendemain, il reprenait l'avion pour un reportage.

Trois semaines environ après le spectacle, Julien sonna chez sa sœur. Il avait annoncé sa visite, différée par les soins prodigués nuit et jour à ses patients pour pallier la soudaineté de son absence. Il posa par terre un gros carton, plus aisé à ranger qu'une valise, dit-il, puis, le visage fermé, s'assit au salon. Marie lui mit un verre dans la main. Caustique, il but à la santé du tétrarque.

« J'ai plumé mes paons blancs, Marie, et le pire c'est que je n'en veux plus, écorchés ou fastueux, je n'en veux plus. »

Honteux, Julien faisait des phrases… Puis il s'enquit de Tristan.

« C'est un salaud ce type ou un fou, un monstre… Je vaux quand même mieux que lui, non ? Petite sœur, je n'en peux plus ! »

Marie prit la tête de Julien entre ses mains, appuya son front contre le sien et murmura :

« Doucement... Raconte-moi. »

Puis elle s'assit sur l'accoudoir du fauteuil, laissant une main apaisante sur le cou de son frère.

Julien fit d'abord longtemps tourner son verre dans ses mains, croisa les jambes, se leva pour aussitôt se rasseoir, puis, exposé au silence de Marie, parla enfin.

« Après *Salomé*, j'ai arraché Éléonore à la troupe et l'ai ramenée chez moi. Je l'ai soignée pendant trois jours. Des sédatifs, surtout. Réveillée, elle souffrait de façon animale, recroquevillée, mais prête à mordre qui la touchait. J'ai consulté un phoniatre réputé qui a recommandé d'abord un repos vocal et physique. Je l'ai démaquillée moi-même, coiffée, aussi, pendant qu'elle dormait, écrasée par les drogues. Je l'aimais encore, je te jure que je l'aimais. Le quatrième jour, elle s'est enfuie chez son père à Washington. Médicalement, j'aurais aimé qu'elle attende, mais tu sais comme son besoin de Luc est inguérissable... Je la croyais encore sous l'effet des médicaments, des gouttes, non plus des injections, mais elle avait dû les jeter. Le soir même je la suivais. Je m'attendais à la voir abattue, en larmes, morne ; elle était agressive, susceptible, m'accusant de ne pas l'aimer, de réagir en médecin. Elle a refusé que je l'accompagne chez des spécialistes, me laissant chez son père, inactif, inutile ; quand je lui parlais de mes malades à Paris, elle ricanait, se défendant de m'avoir jamais demandé pareil sacrifice. Mon absence n'était pas simple, pourtant, mais elle s'en fichait. Pour elle ce n'était rien, je multipliais les attentions, mais ce n'était jamais assez. Luc lui-même en était confus !

– Tu ne crois pas qu'elle attendait seulement que tu lui proposes de vivre avec toi, ou plutôt, il s'agit d'Éléonore, que tu la pries à genoux de t'épouser ? Ce ne serait pas la belle-sœur de mes rêves, mais je la comprends : cet empressement, ce dévouement et, malgré tout, ton éternelle distance devaient être insupportables dans l'humiliation.

– Elle n'aurait pas forcément accepté…

– Mais tu n'as rien demandé ! Ne te dérobe pas, Julien. Éléonore a eu l'honnêteté de ne pas te rendre responsable de *Salomé* ; tu ne l'es pas, d'accord, mais elle aurait pu te reprocher ton impatience à la voir chanter ce rôle. Réfugiée chez son père, jouant pour toi l'inverse de la comédie de la séduction, elle t'a fait avouer ton amour pour l'actrice, non pour la femme. L'accomplissement si parfait de ton devoir de médecin a sans doute achevé de la convaincre.

– Si tu veux… Mais le pire, tu sais, c'est que je ne la reconnaissais plus. Sa ressemblance avec Luc m'a toujours amusé : une beauté déclinée au féminin ou au masculin, plus éclatante ou plus sophistiquée, blonde ou striée de gris. Butée, Éléonore perdait son charme, ses traits durcis se modelaient sur ceux de son père, révélant l'égocentrisme. Ma Salomé radieuse était morte. La seule fois où je l'ai tenue dans mes bras, il m'a semblé étreindre son père.

« Mes malades attendaient, et puis je ne veux pas de mariage, pas d'enfant, j'avais cru qu'elle serait toujours cette vedette venue m'éblouir.

– Cesse de boire comme cela. Tu savais que tu te lasserais, Julien, tu ne l'aimais pas ta sirène, enfin, pas vraiment… Ce n'est pas ta faute. Tu n'es pas le tétrarque, ni un mondain comme Luc, seulement un médecin consciencieux…

« Mais maintenant j'aimerais bien savoir pourquoi tu as jugé bon de m'encombrer de cette caisse ?

– Ce sont ses affaires, enfin les nôtres.

– Pourquoi les déposer chez moi ?

– C'est provisoire Marie, garde-les un peu, je t'en prie. Hier je n'en pouvais plus : j'ai rassemblé les photos que des journalistes veulent m'acheter – tu te rends compte ? – et je les ai mises dans ce carton avec toutes les choses qu'Éléonore laissait traîner chez moi. C'était une manie qui m'exaspérait ou m'attendrissait, selon son humeur ou la mienne. Il ne s'agissait pas d'oublis, mais de l'éparpillement de son sceau : un poudrier sur la bibliothèque, une étole brodée sur le dos d'un fauteuil, des petites pantoufles parmi mes bottes, des flacons dans la salle de bains… Des objets personnels et jolis chargés de ranimer sa présence et de contraindre mon amour. Les lui renvoyer serait théâtral, mais côtoyer tout ce passé me pèse. Je t'en prie, Marie…

– D'accord, mais pas longtemps. Cela me déplaît. Il me semble recueillir les scories d'une histoire que je n'ai pas vécue. Je m'inquiète pour vous tous, de loin, sans connaître les moments qui vous touchent comme le chant de Niagara ; vous revenez seuls, ensuite… Je suis un perchoir pour oiseaux migrateurs : vous vous reposez sur moi des voyages que je ne fais pas… »

Julien, penaud, ne répondit pas, confiant dans la tendresse de sa sœur. Il l'aida à serrer dans un cagibi les souvenirs en conserve, accepta un café fort, et partit, rasséréné.

Marie resta seule avec son fils et ses livres. Tristan, l'ami dur et si proche, lucide et fou, lui manquait terriblement ; il avait toujours su avouer leur solitude commune et la convertir en fraternité. La gardienne de son immeuble près du parc Montsouris avait promis de prévenir Marie s'il réapparaissait. Les impôts, les charges et autres taxes étaient régulièrement payés, par Jean Roger sans doute, qui, fidèle à Tristan, se taisait. Au moins vivait-il, mais comment ? Chaque matin Marie tendait à son fils un jus d'orange servi dans « la timbale de parrain », formule familière à l'enfant.

Deux ans passèrent voués à Simon... Le nom de Luc Cheverny et sa photo apparaissaient parfois dans les journaux mondains ou diplomatiques, mais Éléonore n'était jamais citée. Sans doute son père l'avait-il prestement mariée, usant d'un ascendant que ne combattait plus l'influence de Julien et de Tristan.

Marie fut le témoin amusé du mariage de son frère avec une infirmière un peu terne et de bonne famille. La cassette des amours théâtrales passa du cagibi à la cave.

La vie professionnelle de David l'éloignait de Marie et de Simon qui en souffrait, comprenant mal pourquoi son père supportait si bien de vivre loin de lui ; dès lors, Marie ne quitta pas son fils et prit soin d'harmoniser leurs horaires scolaires dès l'entrée de l'enfant à l'école maternelle. Elle avait exigé le respect des vacances familiales passées à la montagne, le plus souvent. Pour l'anniversaire de ses cinq ans, Simon demanda à connaître Venise, une ville magique pour lui, tant ses parents lui en avaient montré d'images. David et Marie s'y étaient aimés maladroitement, intensément, prêtant à l'enchantement de la ville la phorie de leur mutuel émerveillement. Ils y retournèrent pendant des vacances de Pâques, logeant à Mestre comme autrefois. L'enfance de Simon, offerte à toutes les découvertes, les protégeait de déceptions outrageant le présent comme un mensonge. Gigotant sur les épaules de son père, le petit garçon les fit errer dans une ville nouvelle, surgie des désirs de son âge, celle du *vaporetto*, des *pasticcerie*, des débarcadères multicolores et de leurs piliers aux allures de sucres d'orge.

Le dernier jour, ils visitèrent la basilique Saint-Marc. Simon, devenu savant, aima l'iconostase et en nomma les personnages, mais la mosaïque de la danse de Salomé, figure mystérieuse de son enfance, le fascina : il fallut le hausser pour mieux voir la scène déployée au-dessus de la porte dont il voulut réentendre l'histoire familière avant de quitter la chapelle du baptistère. Marie la raconta, adoucissant, sans prétendre la masquer, une horreur présente dans la plupart des contes. À Venise, Salomé est vêtue d'une robe rouge étoilée d'or ; de longs pans d'hermine coulent de sa ceinture et de ses manches, glissant sur ses bras levés pour tenir la tête du Baptiste ; ses pieds mouvants défient le marbre. L'enfant subissait à nouveau l'envoûtement du récit ennobli par sa représentation scellée dans la pierre.

Quand ils sortirent, il pleuvait, et la basilique se mirait dans le glacis de sa place. Ils coururent s'abriter au café Florian. Intimidé par la notoriété de ce lieu dont on lui avait tant parlé, Simon renversa son sirop ; ses larmes silencieuses attendrirent le garçon qui sécha vivement la table et apporta un autre verre. Un homme, assis quelques tables plus loin, tourna la tête ; son regard vert croisa celui de Marie traçant entre eux un trait aigu, la laissant le corps mou, la tête bourdonnante, soutenue seulement par cet éclair trouant l'espace et le temps. Tristan baissa les yeux et se leva, jetant un billet sur la table ; Marie, voulant le retenir, émit un cri singulier, comme si la violence de l'appel l'avait étranglée ; Tristan s'arrêta, hésitant, le corps oscillant imperceptiblement ; les autres clients s'étaient tournés vers eux. Il s'approcha enfin, silencieux, les yeux fixés sur Marie. Les sons et les couleurs, les odeurs, aussi, refluaient, trop ardents ; Marie faillit tomber quand son fils, lui secouant le bras, questionna :

« Mais maman qui c'est ce monsieur ? Pourquoi tu ne dis rien ? »

Répondre la détendit :

« C'est ton parrain.

– Le parrain de la timbale ?

– Oui tu n'en as qu'un, comme tout le monde…

– Et pourquoi il est là ?

– Demande-le lui ! »

Marie n'avait plus la force de parler. Ses parents près de lui, Simon n'avait pas peur mais, trop jeune pour comprendre l'importance de son rôle, il en sentait pourtant le poids et se taisait. Tristan avait beaucoup vieilli ; la disgrâce de son visage avait cédé au burin des souffrances, dénudant une figure dont un peintre eût aimé graver les traits à l'eau-forte. Il sourit avec une maladresse qui apprivoisa l'enfant au point de susciter un élan imprévisible : Simon grimpa sur ses genoux, lui enserra le cou, et, cachant le retour de sa timidité dans l'anneau de ses bras, chuchota :

« Pourquoi tu ne viens jamais me voir ? »

Tristan le serra contre lui, puis, les yeux embués, regarda Marie en murmurant, pour lui-même, ou pour elle :

« J'ai au moins un filleul et je l'aime tellement tout d'un coup ! »

Simon eut peur et se débattit. Tristan le posa par terre avec précaution, mais conserva ses bras doucement tenus entre ses mains.

« Je suis là pour te voir.

– C'est vrai ? Mais comment tu le savais que j'étais là ? Maman ne m'a rien dit, alors !

– Même si je ne savais pas que tu étais là, tu es la personne que je souhaitais le plus voir dans le monde entier ! »

Simon parut très satisfait…

« Qu'est-ce qu'on va faire ?

– Tu vas passer un examen de magie… N'aie pas peur, c'est facile. Comme je suis un parrain très spécial, je ne t'ai fait qu'un seul cadeau, pas très drôle, depuis ta naissance, cette timbale dont tu parlais tout à l'heure ; elle est magique : puisque tu as bu dedans, tu as le droit de passer une épreuve. Tu dois me dire ce qui te ferait le plus plaisir, quelque chose que tu désires très fort, même si ce n'est pas raisonnable, surtout si ce n'est pas raisonnable… Et tu l'auras ! »

Simon se rembrunit, déçu :

« J'ai pas le droit de demander des cadeaux ! »

Tristan rit, priant Marie de libérer son fils de cet

oukase éducatif. Elle hésita, puis, amusée, confirma solennellement le droit exceptionnel de réclamer des jouets aux parrains très spéciaux.

« Il me manque une boîte du Lego de la ferme…

– Une ferme ! Mais cela ne suffit pas… Simon, il va falloir que je t'aide ! J'ai dit "déraisonnable"… Écoute-moi bien : nous allons aller dans des magasins de jouets, et dès que tu auras très envie de quelque chose, il faudra dire d'un seul coup : "je voudrais cela", et tu l'auras. Mais si tu tardes, ce sera raté. Où résidez-vous ? »

Simon se retourna vers ses parents, et David donna leur adresse à Mestre.

« Je connais. Allez Simon, on y va. Rendez-vous à votre hôtel. »

Tristan souleva le petit garçon et l'emporta. Tous deux rayonnaient d'un semblable sourire.

Marie sembla se réveiller d'un seul coup. Elle s'élança derrière Tristan, mais il avait déjà disparu dans les ruelles avec son fils. Elle en parcourut plusieurs, en vain. Essoufflée par sa course vaine, les jambes raidies par leur longue promenade avant l'installation au café Florian, elle s'effondra près de son mari. Elle ne se pardonnait pas d'avoir subi, une fois encore, l'ascendant de Tristan, élevé dès l'enfance à dominer un public, capable d'imposer sa volonté à Éléonore, Luc, et tant d'autres. Subjuguée par les retrouvailles, séduite par la médiation de son fils, elle les avait laissés partir, réagissant trop tard. L'ami ne comptait plus face à une peur déferlante, nourrie par ces soupçons de folie dont elle avait pourtant toujours dénoncé l'injustice ; elle songea même à appeler la police, mais c'eût été monstrueux. Elle voulut persuader son mari de souquer ferme à l'aviron d'une gondole pour explorer les recoins de la cité. Sa poitrine, ses bras, ses joues éprouvaient jusqu'à la souffrance l'absence de Simon. David, qui avait trouvé charmante l'intervention de Tristan, jugeait démesuré l'affolement de sa femme ; il la convainquit de rentrer à l'hôtel où Tristan avait promis de ramener l'enfant. Pour la calmer, il lui raconta toute la scène comme si elle n'y avait pas été présente : ogre vocal, peut-être, Tristan avait été adorablement gentil avec son filleul.

Le retour fut interminable : un groupe de chanteurs en vogue devait se produire le soir, et les camions transportant leur matériel bloquaient la route de Mestre. Marie oscillait de la panique à une volonté de confiance dont elle se faisait scrupule l'instant suivant. L'attente dura peu, une heure tout au plus ; Marie la passa à recenser les magasins de jouets pour leur téléphoner dans son italien douteux. Une camionnette s'arrêta dans le parking de l'hôtel ; à côté du conducteur étaient assis Tristan et Simon, extasié. Marie descendit en courant et voulut saisir son fils, qui, surexcité, la tira vers le fourgon hurlant « tu vas voir, tu vas voir ! » Le chauffeur, un employé du magasin, ouvrit les portes, découvrant un énorme éléphant en peluche. L'enfant délirait de joie. David, hilare à la fenêtre, vint aider à l'ascension du pachyderme qui encombra la chambre. Le soir, Simon devrait reposer sous son enjambée, le ventre de peluche grise en guise de ciel de lit. Le vendeur s'en alla, laissant les trois adultes contempler l'enfant grimpant à l'assaut de son cadeau. Ils ne trouvaient rien à dire. David se retira. « Comment on fera dans la voiture ? » demanda Simon cramponné aux oreilles de l'éléphant. Tristan, toute joie quittée, la voix lasse, répondit qu'il demanderait au magasin de faire livrer son présent à Paris. Marie allait remercier, mais cela n'avait pas grand sens.

Oppressé, Tristan voulut partir ; son filleul l'empêchait de retrouver Marie comme il lui avait permis de ne pas la fuir. Simon s'enquerra de sa présence le lendemain sans écouter la réponse : le contenu d'une boîte de Lego hissée sur le cou de l'éléphant venait de choir sur le tapis. Tristan serra son amie contre lui et la regarda longuement :

« Pardon, je t'ai fait peur. Tu vois où j'en suis : effrayer ma Marie.

– Toi, pardonne-moi !

– Merci de m'avoir donné un filleul. Je dois partir, maintenant.

– Tu ne restes même pas pour Simon ?

– Je deviendrais un parrain ordinaire. Laisse-le rêver… »

Le séjour vénitien prit fin. Simon fut intenable tant qu'il n'eut pas reçu son éléphant chez lui. L'année suivante, il fut admis à l'école primaire, laissant plus de temps à sa mère. Elle avait fait part de la rencontre de Tristan à Jean Roger qui avoua adresser de l'argent à une banque de Venise. Marie le pria de transmettre aussi ses lettres. Elle en écrivit plusieurs sans recevoir de réponse, mais l'année suivant leurs retrouvailles, Tristan envoya des cadeaux dont on ne savait s'ils étaient destinés à Simon ou à sa mère : une boîte à musique ancienne en forme de manège animé, une statuette en bois, jadis polychrome, un saint Jean-Baptiste datant du XVIIIe siècle, des grappes de raisin en cristal dans une coupe d'albâtre… Il n'y avait jamais de messages, comme si Tristan se tenait désormais au-delà des mots. Quand Pâques approcha, Marie, superstitieuse, voulut repartir, mais ses missives lui furent alors retournées. Jean ne savait rien ; il avait fait vendre tous les biens de Tristan pour lui envoyer les fonds que noyait son oisiveté et, malgré la discrétion du banquier, Tristan semblait avoir résilié son compte. Marie attendit alors, d'autant plus volontiers que Simon n'aurait pas supporté de revoir la cité magique sans son parrain.

Fin janvier, l'incendie de la Fenice, l'opéra de Venise, l'impressionna péniblement, puis la hanta. Les magazines multipliaient les photos avant et après l'embrasement. Le théâtre, déjà brûlé en 1836, porte sur sa façade une enseigne de victoire : « Ressuscité de l'incendie ». Sur les anciens clichés, les fastes de la salle, épanchant l'opulence d'une pourpre rehaussée d'or, déployaient un spectacle forclos sur sa splendeur. Les flammes dardées du creux de l'orchestre aux saillies des baignoires durent célébrer l'acmé de ce temple du chant. Imaginer le feu lécher les loges et le rideau décorés par Giambattista Meduna fascinait autant que glaçait la contemplation de leurs cendres, un massacre de l'art. Des peintures inspirées par la *Divine Comédie*, des visions de Dante qu'anima Guildi, il ne restait rien. Le silence pesait désormais sur des ruines affreuses exhibant les fondations intactes comme, en France, la dérision de ces socles dont la Révolution détruisit les statues.

Regardant les photographies de la Fenice intacte puis incendiée, Marie, s'abandonnant à une imagination atroce, mettait en scène le dernier conte de Tristan narré dans son délire, après *Salomé*. Quand la diva perdit sa voix, avait-il dit, un homme se jeta des cintres et, bras et jambes écartés, la tête renversée, tournoyant comme une étoile, vint s'écraser aux pieds de la chanteuse dont il était l'âme. Hallucinée, elle le voyait tomber du faîte du théâtre au cœur de flammes brûlant un corps sans ombre. D'après les journaux, il n'y avait aucune victime... Alors pourquoi ces craintes, et s'il était sauf, aurait-il pu brûler l'opéra, chapelle de tant de voix ? Elle n'osa rien demander à David ni à Julien, devinant leurs réponses, leurs rires, même, devant tant d'alarme ; elle était lasse de la tiède sagesse de ces hommes plus attentifs à esquiver les soucis, à entretenir leur cuirasse que Pénélope à tisser sa tunique. Elle alla voir Jean dont le silence réconforta sa solitude sans apaiser sa frayeur. Lui aussi avait des images de la Fenice sur son bureau, lui aussi avait peur, mais il ne savait ni ne disait rien.

Simon, une fois encore, ramena Tristan. Au jour tout neuf de ses sept ans, il demanda, mi-sérieux, mi-railleur, comme l'est un enfant craignant le ridicule, si les parrains très spéciaux venaient encore voir leur filleul à l'âge de raison. Marie n'en savait rien.

Se jugeant assez grand, l'enfant tenait à revenir tout seul de l'école voisine feignant de ne pas voir sa mère penchée à la fenêtre. Un soir, accablée de copies à corriger, Marie avait oublié l'heure et ne vit pas rentrer son fils sautant de joie tout autour de Tristan. À nouveau Simon différa la pesanteur des mots, obligeant son parrain à tout regarder, l'éléphant, surtout, équipé d'une sorte de palanquin au creux duquel le petit garçon aimait lire. Il lui montra ses livres, ses cahiers, ses bulletins en une frénésie de conquête soucieuse de le retenir. Marie prépara un repas de fête. Assis de part et d'autre de la table, ils osèrent se regarder ; Tristan paraissait infiniment las, vide, dépouillé de la fébrilité, joie ou angoisse, qui l'éperonnait depuis l'enfance. Simon parlait sans arrêt, et quand fut venue l'heure de son coucher, son parrain l'endormit avec une légende.

Pendant ce temps-là, Marie rassembla les ingrédients de leurs tisanes niçoises et prépara le salon à l'image de leurs veillées d'autrefois. Ils s'attendaient à un tel malaise que l'amitié se lovant à nouveau entre eux leur fut miraculeusement douce. Ils ne dirent rien des quatre ans écoulés depuis le spectacle de *Salomé*. Les questions de Marie gelèrent devant la mémoire à demi-morte de Tristan qui semblait rescapé d'un cauchemar. Ils turent le passé partagé avec Éléonore, et si parfois une figure se levait, ranimée par un mot, elle paraissait sans date, désertée par l'histoire. Tristan évoqua l'avenir, mais ce futur était incolore : ne voulant pas être pianiste, accompagnateur ou instrumentiste de musique de chambre, il n'avait plus de métier, presque plus d'argent, seulement des papiers. Il allait quitter la France ; il aimait Marie, Simon et Jean, mais que feraient-ils de lui qui ne savait que faire ? Son appartement avait été vendu, Marie le savait. Corinne avait choisi certains meubles et cédé les autres à un brocanteur. Elle s'était habituée à l'absence de son fils et en parlait au passé ; son métier, ses malades, ses amies lui suffisaient, et les photographies de Tristan lui rendaient l'importance dont il l'avait frustrée. Il était allé la voir, raconta-t-il, la priant de lui épargner ses anciens portraits, mais les murs étaient couverts de photos et de programmes encadrés ; tout était là récusant l'échec, oublieux du fils présent pour auréoler la mère. Attentive aux traditions, elle avait fait un cake, mais Tristan partit. Près de sa mère, il sentait la haine le souiller comme une eau sale ; l'image cultivée de vedette à tout prix le soulevait de dégoût et, plus encore, cette impossibilité de l'aimer dont elle attisait l'amertume. Loin d'elle, le calme revenait lentement, restaurant l'amour déclinant, tempérant le gâchis. Il ne la verrait plus et s'en irait sans savoir où.

« Après tout, disait-il, les êtres qu'un grand danger menace jurent, s'ils en réchappent, d'épanouir leurs rêves : gravir l'Everest, faire le tour du monde en voilier, ou vivre sur une île plantée de cocotiers : ces gens, guéris ou en sûreté, reprennent leur métier et leur conformisme passé. Je ne les critique pas ; je suis comme ces rescapés, mais sans vie pour me recueillir, sans désir, pressé seulement par la nécessité de partir. J'ai pensé à prendre le premier avion d'Orly ou de Roissy, mais il y a tant de premiers avions que je ne saurais lequel choisir. Aussi vais-je aller à Marseille, il y a moins de bateaux que d'avions.

– Que feras-tu ?

– Je me coucherai sur le pont d'un paquebot et je regarderai le ciel marin, la nuit, jusqu'à ce que j'arrive je ne sais où, pour faire je ne sais quoi.

– Tu as donc encore une envie, ce ciel nocturne que tu contemplais sur la Côte Sauvage ? »

Tristan ne répondit pas. Ils se turent longtemps, cherchant le parfum de Gina dans les vapeurs de la tisane. Il annonça la venue d'une caisse, une offrande, non un dépôt : ce qu'il n'avait voulu ni vendre, ni jeter, ni donner, cendres d'une vie morte. Marie sourit, cette caisse n'irait jamais à la cave. Quand il se leva, elle tenta de ne pas pleurer, mais elle sanglota, accrochée à lui, le visage enfoui dans son écharpe pour ne pas réveiller Simon.

« Tu m'écriras ? Ne m'oublie pas !

– Ne m'attends plus, plus jamais. Tu as été toute ma tendresse. Je t'enverrai une histoire, ma dernière cantilène ; tu la liras plus tard à Simon. »

Tristan se dégagea doucement.

« Adieu Marie. »

Et voici le toquet panaché des sirènes
Il trompa les marins qu'aiment ces oiseaux-là
Il ne tournera plus au remous de Scylla
Où chantaient les trois voix suaves et sereines.

Apollinaire, *Poèmes divers*

Épilogue

Le mythe de Périlupé

Quelques semaines plus tard, Marie reçut par la poste un texte intitulé : le mythe de Périlupé.

En reconnaissant l'écriture sur l'enveloppe, elle avait tremblé et commencé à déchirer le papier kraft, puis, se contraignant au calme, décollé le rabat. Il y avait à l'intérieur une liasse épaisse. Elle en parcourut la première page, sans comprendre, puis, voulant les regarder toutes, cherchant un appel, un aveu, les étala sur le sol. Le texte ressemblait à une ancienne légende. Tristan avait tenu parole. Elle avait été folle d'imaginer qu'il pût lui raconter sa retraite vénitienne. Debout, passant d'une feuille à l'autre, elle ne pouvait saisir le sens du récit ; contrainte alors à céder devant son étrangeté, comme autrefois face à l'obstination de Tristan, elle rassembla les feuillets et se rendit dans son bureau pour lire ce qu'il avait nommé sa dernière cantilène.

Il aimait les mythes dont la vérité se révèle en se masquant sous les fantaisies de l'image : l'indécence de l'aveu n'est plus à craindre s'il revient au lecteur de lever le voile. Marie lisait lentement avec le sentiment de surprendre son ami se regarder une dernière fois dans le miroir sans savoir qui, de l'infante, de la naine ou du peintre, allait lui rendre son reflet. Jamais il ne s'était autant livré que dans ce conte, et, pourtant, Marie ne saurait rien de ce qu'il faisait ou du lieu où il vivait. Il pouvait être moine, voyageur, veilleur de nuit à Paris, chauffeur en Sibérie ou pianiste au Mexique, peu importait. Elle eut soudain l'idée d'aller chercher l'enveloppe pour en connaître la provenance : elle venait d'Éthiopie... Un dernier clin d'œil qui la fit sourire. Quand Rimbaud cessa d'écrire, il alla se perdre en Abyssinie dont le désert convint à son silence. Tristan avait aimé cette mort du poète préludant à celle de l'homme. Était-il allé là-bas, y vivait-il ou y avait-il fait poster l'envoi ? Le timbre signifiait seulement qu'il s'abritait sous une ombre nouvelle. Ainsi lut-elle le mythe de Périlupé, non comme le dernier chapitre d'un récit, mais telle une coda reprenant les motifs de la partition pour les rassembler en un final.

Marie, amie, te plairait-il d'entendre un chant d'amour et de mort ? Ma dernière cantilène....

C'est un mythe, et un mythe, le sais-tu, n'est jamais innocent. Toi qui fais profession de philosophie, tu éveilles des problèmes qui jamais ne recevront de solution. Le mythe répond à des questions avant même qu'on en ait eu le souci.

Marie, mon mythe est grec et tu en connais déjà bien des épisodes, mais sois patiente. La mythologie est semblable à la forêt de cristal, à peine y pénètre-t-on que chaque pas la fait résonner tout entière.

Écoute ce que tu sais afin que je puisse te mener vers ce que tu ignores, cette histoire perdue et que j'ai retrouvée. Lis, le mythe dévoile et masque, cache et révèle ; si tu es attentive, tu sauras pourquoi le son rauque de la voix muée des garçons naquit jadis de la plainte d'une cithare, d'un désir infini, de la douceur d'une plume et de la vengeance d'une vierge divine.

Écoute, Marie, puis, ensuite, tais-toi, ne questionne plus, le reste est silence.

Colette disait en son patois aimé : « Laissez-moi vous prendre du commencement. » Il faut aussi que je déploie la toile des récits où s'inscrit mon histoire.

Zeus, t'en souviens-tu, aima Latone, fille de Cronos, et pour cacher leurs amours à Héra, son épouse, changea son amante en caille. Sous la forme de ces deux oiseaux voluptueux, les amants conçurent les jumeaux Artémis et Apollon. Héra l'apprit et manda à Python de persécuter Latone. À la terre, elle interdit de jamais donner asile à la maîtresse de son divin époux. Ainsi, Latone errait-elle enceinte, désespérée, à travers l'Hellade ; le terme de la naissance approchait. Du fond de l'océan, Poséidon eut pitié et suscita l'île flottante de Délos d'un coup de son trident. Latone s'y réfugia pour y mettre au monde Artémis ; Apollon se lovait encore dans la chaleur de ses entrailles. Neuf jours durant, assistée de sa fille nouvellement née, Latone hurla, étreignant un palmier que l'on révère toujours. Le dieu lumière vint au monde dans le sang, les cris et la douleur. À peine né, il réclama l'arc et les flèches dont il tua Python, puis ancra Délos au cœur de la mer Égée.

Artémis, épouvantée par les souffrances de l'enfantement, supplia Zeus, son père, de lui épargner le lot commun des femmes. Ainsi reçut-elle une éternelle virginité, des armes semblables à celles de son frère et la vie sauvage de celle que les Romains nommèrent plus tard Diane chasseresse.

Oui, Marie tu sais tout cela, mais laisse-moi le temps de mêler les fils nouveaux au tissu antique.

Artémis obtint un cortège parfumé de quatre-vingts nymphes. De ses compagnes, la déesse blanche exigeait une inviolable chasteté et punissait cruellement les séductions d'Éros. Souviens-toi, elle se changea en ourse pour dépecer la nymphe Callisto coupable d'une nuit dans la couche de Zeus ; le dieu des dieux sauva la jeune fille en la hissant au ciel parmi les étoiles innombrables.

Mais il était une autre nymphe dont tu ignores tout, la plus secrète et la plus aimée, Callasera. Timide et douce, elle prisait peu la chasse et les plaisirs de la fille de Latone. Lors d'un printemps, en Arcadie, elle quitta ses compagnes pour se baigner seule dans un étang. L'eau affleurait sa taille, des poissons rapides glissaient le long de son corps ; les bras levés, elle couronnait ses cheveux de narcisses, et de sa bouche charmante jaillissaient trilles et vocalises. Pan, caché derrière les roseaux, la contemplait ; les tiges ligneuses masquaient le dieu sylvestre aux pieds de bouc ; à la main, il tenait sa flûte.

Toi aussi, écoute, regarde Callasera. Elle se croyait seule, les guirlandes glissaient de ses cheveux ; son chant s'éleva très haut puis s'égrena en notes légères comme les gouttes ruisselant sur ses seins. Pan risqua quelques notes timides et drôles comme les premiers pas d'un faon. Callasera entendit d'abord le son puis rit de la barbiche du faune, de ses cheveux hirsutes et de ses yeux si tendres. La flûte, alors, enveloppa lentement le chant de la nymphe ; agile, veloutée, expressive, elle enserrait la voix qui jamais n'avait connu semblable douceur auprès de la déesse vierge. Sans cesser de jouer, le dieu descendit dans l'étang, Callasera ne résista pas. Quand ils se séparèrent, Pan murmurait toujours, la nymphe fredonnait encore.

Elle rejoignit le cortège d'Artémis, son char d'or attelé de biches qui parcourrait la Thrace et l'Hellade. Artémis, enfin, détela dans les pâturages d'Héra et mit ses bêtes à paître auprès des coursiers de Zeus. Alors, fatiguée, elle demanda le chant de sa nymphe chère entre toutes. La voix de Callasera était devenue moins agile, mais plus troublante, moins aérienne et plus large comme ses flancs qui, doucement, s'arrondissaient à la pression de l'enfant de Pan.

La vierge divine, plus impitoyable encore pour la suivante élue, la bannit puis excita sa meute. Artémis, l'arc bandé, suivait la chasse. Callasera connaîtrait l'épuisement et la terreur avant les morsures sanglantes des molosses. Traquée, elle fuyait à travers monts et bois ; les ronces déchiraient ses pieds blancs et du sang répandu naquirent les cyclamens sauvages. Les chiens la rabattirent en Arcadie, lieu de sa chute ; déjà leur haleine brûlait ses chevilles quand Apollon, touché de pitié, la transforma en pierre. Pan avait supplié le dieu musicien qu'avait charmé la voix de Callasera.

Marie, le crois-tu, le rocher existe toujours, orné du lierre dont l'enguirlanda jadis le dieu sylvestre.

Neuf mois plus tard, Zéphyr soufflait sur l'Arcadie ; une plainte étrange s'éleva de la roche couronnée. Éole, le père des vents, lâcha aussi Borée, le souffle puissant du nord qui féconda l'Attique. La pierre émit alors un gémissement, un sanglot tel que jamais oreille divine ou humaine n'en entendit jamais ; une complainte portée par l'écho au-delà des vals, des mers et des monts.

Entouré des muses, Orphée l'entendit, il jouait de la cithare ; aux cinq cordes de l'instrument, don d'Apollon, il en avait ajouté deux. Sa musique si belle charmait les fauves ; les fleuves, à son écoute, suspendaient leur cours et les vents leur haleine. Les pleurs de la pierre, pourtant, franchirent la mélodie orphique. Le musicien légendaire se mit en route vers la cantatrice pétrifiée. Il osa écarter la tunique de lierre qui la vêtait ; au creux d'une cavité ronde et lisse comme l'envers d'un ventre de femme, un enfant reposait. Né du chagrin, Orphée le nomma Périlupé, tristesse en grec, et le confia aux muses qui le couchèrent au creux d'un van d'osier. La nuit Pan le nourrissait de miel, et le jour, la chèvre Amalthée quittait le firmament pour lui donner le lait qui, jadis, fortifia Zeus.

Périlupé grandissait vite. Orphée lui enseigna la lyre, Linos, son frère, le rythme et la mélodie, Terpsichore, la harpe. L'enfant était solitaire. De son père, il tenait la sauvagerie et l'amour de la nature, de sa mère, la beauté et la passion du chant. Il délaissait la compagnie des muses qui, trop souvent, s'adonnaient aux soins de leur chevelure et au service des dieux. Orphée le décevait aussi quand, ses doigts lassés quittant les cordes de la cithare, il voyageait en des songes solitaires. Périlupé sentait alors toute la tristesse de son nom. Il ne pouvait vivre sans mélodie, mais, en ces premiers temps du monde, la nature était encore muette. La musique des sphères ne réjouissait pas encore les dieux et Périlupé craignait le silence infini du cosmos.

À peine sut-il marcher qu'il alla près de l'étang où, naguère, sous l'ardeur du soleil de midi, la flûte de son père avait ravi sa mère. À son tour, l'enfant chanta. Sa voix étrange émut les roseaux qui, pour la première fois, bruirent au souffle de Zéphyr. Depuis, au printemps, ils modulent sans se lasser le prélude à l'après-midi d'un faune.

En ce temps du mythe et du rêve, Périlupé découvrit sa tâche, éveiller la nature à l'harmonie, composer le chant de la terre.

Le fils de la nymphe et du faune avait la voix pure de l'enfance et le timbre cristallin des sources ; en ces nouveaux matins du monde, son chant avait une telle puissance qu'il put insuffler une symphonie pastorale à l'Arcadie tout entière. Il instruisit l'Hellade qu'enchantaient les noctuelles et toutes les contrées dont il foula le sol. À la conque nacrée de Poséidon il apprit à gronder quand, sous la violence du ressac, le flot s'engouffrait sous les falaises. Depuis, le cœur de Thétys, fille de l'Océan, ne bat plus en silence mais, vague après vague, berce nos rêves au bord de l'eau au rythme de ses pulsations. La montée de la sève ne trahit plus seule la mélancolie du saule ; Périlupé apprit aux feuilles et aux rameaux à frissonner et à frémir.

Les dieux aimaient l'enfant. Il avait de longues boucles brunes, des yeux bruns ou verts selon le temps, et la bouche toujours offerte au chant.

Farouche, il aimait Orphée entre tous et ne le quittait pas. Ainsi, quand Jason, en quête de la Toison d'or, obtint la compagnie du poète sur le navire Argos, Périlupé les accompagna.

Ici commence, tu le devines, Marie, la seconde partie de ce récit, celle de la rencontre de Périlupé et des sirènes. Mais peut-être ignores-tu leur forme réelle ? Sais-tu qu'au Moyen Âge, seulement, l'enluminure peignit de beaux corps de femmes à queues de poisson, mais en Grèce, les sirènes étaient ailées. Elles étaient trois, Parthénopé, la vierge au pur visage, Leucosia, la scintillante et Ligéia, la mélodieuse. Perséphone jouait avec elles quand Hadès surgit des limbes et l'emporta dans les ténèbres du Tartare. Déméter, injuste dans sa douleur, reprocha aux compagnes de sa fille leur négligence et les transforma : leur beau visage était intact, mais sous le tendre gonflement des seins s'étirait un corps d'oiseau, et leurs bras étaient ailés. Ainsi pourraient-elles désormais survoler le monde à la recherche de Perséphone.

Jamais les pauvres vierges ne retrouvèrent l'épouse d'Hadès. Épuisées, elles s'abattirent sur les roches escarpées entre l'île de Caprée et la côte d'Italie. Un oracle leur prédit qu'elles vivraient aussi longtemps que l'enchantement de leurs mélodies pourrait retenir les voyageurs ; mais qu'un seul marin passe, insensible, elles mourraient. Elles avaient, depuis, captivé une infinité d'hommes ; oublieux auprès d'elles de leur famille, de leur pays, de leur vie même, ils avaient péri, consumés par l'extase.

À son tour, le navire Argos approchait, portant les Argonautes, Orphée et Périlupé, l'enfant musicien.

Ah quel était-il, Marie, ce chant des sirènes pour lequel aujourd'hui je soupire ? Le vertige d'une voix inhumaine ou surhumaine ouvrant au cœur une blessure profonde mais comblée par l'excès même des délices. Les voix sublimes effaçaient les limites du corps et de l'âme, et l'être se confiait à la douceur de l'abîme, heureux de n'être plus rien, de se donner à tout sans se tuer pourtant.

La Toison conquise, les Argonautes avaient doublé le cap Malée et s'exposaient aux sirènes. Un rameur, Brontès, avait déjà plongé, éperdu, soumis aux sons divins. Orphée prit alors sa cithare, et si belle fut sa mélodie que les femmes-oiseaux se turent pour l'écouter. Sur la mer, l'on n'entendit plus que la lyre du poète et le soupir des fées. Le navire passa, Parthénopé, Leucosia et Ligéia étaient condamnées. Périlupé mit une barque sur les vagues et aborda l'îlot. Le sol était jonché des os de ceux qu'avait consumé l'apex de la volupté et de l'oubli. L'enfant avait admiré le chant des sirènes sans en être troublé. Leurs charmes détachaient les hommes de toute entrave, de tout souvenir, espoir ou inquiétude, soulageant l'âme du souci même de la mort. Mais Périlupé était encore un enfant ignorant de l'usure du temps ; il vivait selon l'éternité de Gaïa et chaque jour se dressait, pour lui, comme une flamme identique. Sans mémoire, il ne connaissait ni le regret, ni l'espérance.

Le silence des sirènes l'avait chagriné. Assis à leurs pieds, chantant de tout son cœur, il souhaita leur redonner la voix. Chaque note qui montait de sa gorge ravivait le cou flexible des oiseaux demi-morts ; son chant mouillait leur gorge comme la pluie féconde les moissons ; l'hymne du fils de Pan gonfla leur sein et leur rendit le souffle. Sa voix s'élevait, fraîche et pure, et celles des sirènes lui répondaient, vibrantes. La première fila une note et l'étira comme un songe, enivrée de son art. Parthénopé, riante, perla ses vocalises, et Ligéia préféra lier les sons comme les vers d'un poète. Quand Périlupé les quitta, chacune lui remit un présent. Parthénopé lui offrit deux de ses cheveux d'or ; Leucosia, une plume brillante détachée d'entre ses seins, et Ligéia un miroir.

L'enfant retourna vers la terre d'Arcadie. Il avait fixé le miroir à sa ceinture, mais tandis qu'il mêlait les cheveux dorés aux fils de sa tunique, la plume s'envola.

Auprès des muses il achevait son enfance, son corps en perdait les mollesses et Phœbus soulignait une ombre légère au-dessus de sa lèvre. L'insouciance le quittait ; la solitude lui était lourde, mais l'affection de ses mères adoptives, pesante. Souvent la fatigue l'allongeait auprès des sources, puis, sans raison, l'impatience lui faisait défier les chèvres à la course. Orphée était loin et Artémis, la déesse blanche, veillait. La vierge vindicative n'avait pas oublié l'outrage de Callasera, ni pardonné la faveur dont jouissait le fils de la nymphe félonne. Sous la forme d'une caille, elle déposa aux genoux de Périlupé la plume de la sirène naguère perdue sur la mer ; la tiédeur du duvet lui fut si douce qu'il lui sembla en avoir attendu la caresse depuis toujours. Il reprit alors sa barque. Il emportait le miroir, la plume, les deux cheveux d'or et la lyre d'Orphée. Juchées sur les ossements, les sirènes lui parurent régner sur un trône de nacre. Toutes trois rirent de sa longue chevelure ; rougissant, il se contempla dans sa psyché, et l'enfant ne reconnut pas l'homme. Il coupa aussitôt ses boucles qu'il offrit à Apollon selon le rite.

Périlupé tenait la plume de Ligéia et, déjà, sa main se tendait vers la douceur de son sein, quand Parthénopé chanta ; ses lèvres exhalaient tous les parfums de l'été. Le jeune homme allait alors lui offrir la plume quand, d'un seul trille, Leucosia suscita l'ardeur du printemps. Dans la voix de Ligéia, la mélancolie prenait nom volupté. Périlupé ne put choisir.

Devant les sirènes auxquelles, enfant, il avait rendu vie et chant, il eut peur et regretta Orphée. À nouveau, il voulut unir ses mélodies aux leurs. Parthénopé avait une voix éblouissante comme l'éclair, celle de Leucosia, plus veloutée, semblait longue comme un fleuve ; le timbre de Ligéia, grave et tendre, faisait perdre le sens. De tout son être Périlupé lança sa cantilène, mais sans pouvoir dominer le trio enchanteur. Il se souvint alors du troisième présent, et à la lyre ajouta les deux cheveux d'or. Orphée n'avait tendu que sept cordes. À la sauvagerie d'un monde où le dieu se mêlait à la bête, il avait enseigné l'humanité puis la mesure, et la pure sagesse de ses harmonies avait vaincu les sirènes. Il avait soumis la musique au nombre des merveilles, des couleurs du prisme, des notes et des sages futurs. Imprudent, Périlupé tenta de marier la sensualité de son nouveau timbre d'homme à la transparence de sa voix d'enfant ; il voulut mêler le cristal et le bronze, l'innocence et l'amour, exprimer tout ce qu'il est d'angélique et de sauvage dans le chant d'un homme quand il porte aux nues et plonge dans l'abîme ; il accorda sa lyre et chanta : ce fut un cri, un seul, sublime et divin. Les sirènes se turent. Mais la voix, brisée par cet effort, se voila puis s'éteignit. De cette note ultime naquit le chant du rossignol ; durant les nuits de juin nous l'entendons toujours, pleurant la voix perdue de ceux qu'a détruits la mue.

La terre tout entière gémit quand se tut à jamais la voix d'or. En souvenir de ce jour, de l'âge auquel Périlupé perdit sa voix, un son rauque et laid transforme l'organe des adolescents avant que naisse leur voix d'homme.

Périlupé reprit sa barque et nul ne le vit plus. Il se terrait au fond des bois, sanglotant comme la pierre dont il était issu, et fabriquant d'étranges instruments de musique.

Il apparut une dernière fois, pourtant, figure démente ballottée par la houle, dansant dans le gréement d'un navire.

Il y avait hissé son œuvre ultime, une harpe éolienne, la première qui vibra en ce monde. Au faîte du mât, comme au sommet de l'axe de l'univers, les cordes offertes au souffle des vents faisaient à nouveau résonner le chant de la nature, la voix perdue du fils de Pan et de Callasera.

Il avait choisi le vaisseau d'Ulysse dont la route croiserait le roc des sirènes.

Odysseus, le héros aux mille ruses, souhaitait jouir du chant divin mais en craignait la splendeur meurtrière. Il coula de la cire dans les oreilles de ses rameurs, puis se fit ligoter à l'arbre de son bateau afin que la prudence contienne la volupté.

Tous avaient oublié Périlupé, le muet, le fou suspendu dans la mâture.

Quand retentit le chant ensorcelé, Ulysse se tordit de volupté, hurla de jouissance, mais sans péril. À trop de prévoyance se refuse l'absolu de l'extase et le héros d'Homère ne perçut pas, mêlé aux voix divines, le son de la harpe.

Il retentit, pourtant : à l'invocation de Périlupé, le père des vents lâcha Zéphyr, Notus, Borée, Aquilon et Auster. Tous vinrent ébranler les cordes de la harpe éolienne en des harmonies telles que les sirènes en perdirent l'âme et le souffle.

Selon l'augure, Parthénopé, Leucosia et Ligéia, vaincues, se jetèrent à la mer. L'écume blanchit leur beau visage, le sel offensa leur plumage et l'eau noya leur gorge.

Thétys, fille du ciel et de la terre, épouse d'Océan, compatit à l'humiliation et à la souillure. Oracle pourtant ne peut mentir, et les sirènes moururent à la Méditerranée. Déchues de Grèce et d'Italie, chassées vers le nord par Poséidon, les naïades devinrent hyperboréennes.

Avant leur long, très long voyage, les Tritons leur donnèrent une queue de poisson et les Océanides une parure marine.

Le grand Pan était mort, déjà, et les dieux avaient quitté l'Olympe, mais bien plus loin, elfes et sylphes palissaient aussi à la lumière d'autres prodiges. Merlin, exsangue, avait déserté les songes emportant le murmure des charmes et les runes embrouillées. À l'ombre des églises, le monde s'éveillait à la révélation d'une parole unique.

Pourtant – mais qui les crurent ? – vers la fin du VIIe siècle après la naissance de Jésus, des marins tinrent d'étranges propos. Ils dirent que, parfois, surgissant des vagues, ondoient et chantent sous la lune de troublantes créatures mi-femmes, mi-poissons. Plaignant l'impossible union de l'ange et de l'homme, toutes trois exhalent jusques aux nues l'âme hagarde et folle de la musique.

Toute ma gratitude à
Aline Sauron et Christian Séranot
qui ont souhaité la publication de ce livre.

Composition : Facompo, 14100 Lisieux

Impression réalisée sur CAMERON par

BRODARD & TAUPIN

GROUPE CPI

La Flèche

pour le compte des Éditions Bibliophane/Daniel Radford
en août 2002

Imprimé en France
Dépôt légal : août 2002
N° d'impression : 14060
ISBN : 2-86970-066-0